COBALT-SERIES

楽園の魔女たち

～月と太陽のパラソル（前編）～

樹川さとみ

集英社

目次

楽園の魔女たち～月と太陽のパラソル（前編）～

紹介

ダナティア
帝国の王女で語学に堪能なとびきりの美少女。天上天下唯我独尊を地でいくが、カエルだけは大の苦手。

ファリス
剣術家の娘。一見美少年風だが、外見に反して内気で口べた。人の頼みを断れない性格が時に災いを呼ぶ。

エイザード
今はなき魔術師の塔〝楽園〟の主として、四人娘に魔法を教えていたもと師匠。鷹揚で人を食った性格の持ち主。

アシャ・ネビィ
ヨンヴィル国騎士団の虹の谷支部長。エイザードを天敵といいながらも、不思議な友情を感じているらしい。

登場人物

ごくちゃん
エイザードの飼っている使い魔。何の役にも立たないくせに大食らい。怒ると口から火を吐き、雨が降ると体が分裂する。

ナハトール
エイザードの友人の自由剣士。物好きな性格で面倒見がよく、"楽園"の食事係もつとめていた。

マリア
見た目も性格もひたすら無邪気なお子様タイプだが、実は人妻。特技は家事全般に動物と仲良くなること。

サラ
女性ながら神殿の学舎の首席だった。本好きで冷静沈着だが、実は常人には図りしれない性格の持ち主である。

イラスト／むっちりむうにい

楽園の魔女たち

～月と太陽のパラソル（前編）～

序章《プロローグ》

「おみやげにバラルトン海の真珠《しんじゅ》を買って帰るよ」

きれいな水色の瞳で彼は約束してくれた。

「ぼくが帰るまでまっていて。つぎに会うときはぼくの家だね、未来の奥さん？　そうしたら『おかえりなさい』って、いってくれるかな」

「うん、うん、うん！」

舞いあがってマリアは三度もうなずいた。

「ぜったい、ぜったいだいじょうぶ！　ジェイルさまが海からもどるまで、お城で待ってます」

だから、とつけくわえた。

「だからはやく帰ってきてね」

「これを」

「なあに？」

彼がさしだしたのは指輪だった。銀に、海の青の象嵌《ぞうがん》、白いハトがその中心に描かれていた。きれい、とマリアはつぶやいて琥珀《こはく》色の瞳をかがやかせた。

「ジェイルさまとおそろい？」

「そうだよ。宝石もついてないし、あたらしくもないけど、わが男爵《だんしゃく》家に古くから伝わるものだ。だから、きみにもっていてほしい」

夢のようだった。

彼女の愛《いと》しの君はそっと身をかがめて約束の口づけをくれた。

みどりの木《こ》の葉《は》が笑いさざめくようにさやさやと歌をうたっていた。まぶたをとじる寸前、空になにかの鳥が翼をひろげて飛んでいくのが見えた。いまでもよくおぼえている。それは三年前のこと。

十六歳のときにマリアは結婚した。

まだ彼女が魔女になる前のできごと。

そして、めでたく仮祝言《かりしゅうげん》をあげたその後たった三分で夫をなくした。

＊

幾《いく》百年の歳月を生きてきた魔術師は、てのひらを上にして組んでいた指をほどき、眼をあけた。草の上をわたる夜風が彼の長いくすんだ金髪《きんぱつ》をひとすじ、ふわりとすくいあげて、またもとの位置にもどした。

「——指輪。飛べない鳥。時のはざまにとりのこされた者が聖地にてふたたびめざめる」

彼は空を見上げた。

満天の星。

手のひらをさしのべれば、そのきらめく金銀の星のつぶをこの手につかみとれそうな気がする。

「奇蹟《きせき》はおこるだろうか。もしも……遠きにおわす守護《しゅご》聖霊《せいれい》よ、いまこの時もわが身を見ておられるなら御身《おんみ》に願おう。われらの祖先がこの世界にのこしたゆがみを正しき場所へとみちびきたまえ。止められた時をもどすすべをわたしは知らない」

孤独な魔術師は、やがてきたるべき〈その日〉に思いをはせた。

三六〇年に一度の完全な日がやってくる。この星々のめぐりあわせが、おそらく弟子の運命に大きくかかわってくるだろう。

そしてこの機をのがせば、彼女が愛する夫をとりもどすことは二度とできまい。

「幸運を、マリア……わが教え子よ。あなたの願いがかないますように」

ひとつひとつの川のながれはちいさいが、それがあつまれば大河となって地をうるおす。

一瞬の永遠の時が聖地にやってくる。

昼でなく夜でない時。

まぼろしが実体になり、ねむりの街がつかのま眼をさます。

夢のなかで見る夢のように。

ひとびとがとうにわすれてしまった世界のかけらを、そのとき彼らは眼にするだろう。

＊

「よし、余《よ》は決めたぞアリオス。いまから冒険の旅にでる」

ある日とつぜん、ゼクソル国のマルス王子は従者《じゅうしゃ》にのたまわった。

「は？　おまちください、王子。いまなんと？」

「旅だ。冒険だ。ロマンだ。知らないのか。これまで英雄と呼ばれる伝説の王族はみな例外なく旅をしているではないか。余も行くぞ。いざわが従者よ、ついてこい」

「おまちくださいっ、王子！」

このときアリオスの脳裏《のうり》にはありありと「身のほどしらず」という言葉が太文字《ふともじ》で浮かんでいた。

断言できる。わがご主人さまにそれは無理だ。

「危険な冒険などなさらずとも、あなたはりっぱなこの国の跡取りです！　どうか思いとどまってください、ご両親である国王陛下《へいか》、王妃《おうひ》殿下もご心配なさいます。あなたまでがこの国からいなくなってしまったら、いったいだれが陛下のあとをつぐのです？」

「だれも二度ともどらないとはいっておらん。余《よ》はみごと邪悪《じゃあく》なるドラゴンをうちたおし、そして宝をがっぽりいただいて故国へ凱旋《がいせん》するのだ。おお、目に見えるようではないかアリオスよ？」

そう、はっきりと目に見える。

もはや存在するはずのない怪物を追いもとめてむなしく各地をかけずりまわってボロボロになり、あげくのはてには王子から八つ当たりされる自分のすがたが。

「この世にはもうドラゴンなんていませんよ……」

「そうか、おまえがどうしてもというなら、ドラゴンでなくてもかまわぬ。魔王くらいで勘弁《かんべん》してやってもよいぞ」

「ですから、王子――」

「おう、魔王か。それもわるくはないな。うむ！」

「うむ、ではなくてですね、王子」

「そしてとらわれの絶世の美女を救いだし、彼女を余の妃《きさき》とするのだ！　うむ、そうと決まればこうしてはおれん。一刻もはやくわが乙女《おとめ》をお助けせねば」

そんな乙女は地球上のどこをさがしてもいないだろう。

「どうかわたくしの話を聞いてください、王子」

「聞いておる。なにかモンクがあるのかアリオス？　余は、勇者ダリウス、かの〈ドラゴン殺し〉の末裔《まつえい》なるぞ！　彼にできて、余にできぬはずがない」

「ですが」

「勇者に必要なものは何だ、アリオス？」

「は？　それはやはり……ゆ、勇気とか」

「うむ、それはもう間に合っておる。いまの余に必要なのは、戦士と癒し手《ヒーラー》と魔法使いだ」

「…………」

いったい、王子はどんなわるい本を読んだのであろうか。これこそ悪魔のしわざ、悪夢にちがいない。

戦士はとりあえずおまえで妥協《だきょう》してやろう、と横柄《おうへい》に王子はいった。

「問題は魔法使いだ。おまえ、どこかに心当たりはないか？」

＊

誇《ほこ》りたかいジオンの老学者、カデュアリは怒り狂っていた。

「どいつもこいつも、なぜワシの高邁《こうまい》な言葉を聞こうとせんのだ⁉　なげかわしい！　なにが学徒《がくと》ぞ、なにが象牙《ぞうげ》の塔《とう》ぞね！　真理とたわごとの区別もつかぬナメクジどもめ、地獄の犬に喰われてしまうがいいぞね！」

ぶちっ。

頭のどこかでなにかが切れるような音がして、カデュアリはぶったおれた。

「先生！　お身体《からだ》にさわります」

「ううう、おおわが忠実なる助手よ。おまえだけぞね、ワシのことをわかってくれるんは……」

「もちろんです先生。さあ、お手伝いします。ベッドでお休みください」

「いいや、ならん。死ぬときは机のまえでとワシは決めておる。ワシの学説がただしいことを世の中のトリ頭《あたま》どもに思い知らせてやらねば、死んでも死に切れんぞね」

赤ん坊のようにうすくなった頭の毛をトサカのようにふりたてて老学者はウラミ節《ぶし》を吐いた。

ぼろぼろになった彼の愛用の机のうえには、彼のこれまでの研究論文のかずかずがさながらオヌの塔のごとくそびえている。

『うしなわれた古代都市のひみつ』

『ワニの泣き声の研究』

『人類みな兄弟』

　下にいくにしたがって紙も黄ばみ、虫喰《むしく》いのあとがいたいたしい。

「ワシはこれまでの七〇年あまりの人生のほとんどを学問という名の祭壇《さいだん》にわが身をささげつづけてきたぞね。だが、かわりに得たものはなんであった？　変人という呼び名と、日の目を見ぬ論文ばかりぞね。おお、よちよち、わが子たちよ。くやしいか？　かなしいか？　ワシもかなしいぞね」

「私がおります、先生。私はいつも先生のおそばに。〈世界現象学派《せかいげんしようがくは》〉は永遠に不滅です！」

「うむ。だがイアンよ……ワシはもうつかれてしもうたぞね……」

「お気のよわいことをおっしゃらないでください！　さあ、先生の好きなゆで卵ですよ。おひとつどうぞ」

　なだめようとして助手はすかさずポケットから卵をさしだした。

「ワシゃ、ゆで卵は好かんぞね」

「えっ？　そ、そうなんですか？」

「そうじゃ！」

「でも、毎日めしあがっていらっしゃるから、てっきり」

「好きで食っておったわけではないぞね！　若いころから、それしか食うものがなかったからぞね！」

すでにカラをむいてしまったゆで卵をどうしようかとまよったあげく、イアン助手はしかたなくそれを自分の口にかくした。口いっぱいに卵をほおばりながらもごもごと、

「ほれれ、ろうなさいまふか、へんへい？」

師にきいてみる。

「どうするかとな。フン！　こうなったら、ワシを学会から追い出しおった奴らに目に物みせてくれるぞね」

はいつくばるように机にしがみつき、ふふふと学者は陰気《いんき》に笑った。

「このかわいい論文すべてひとつのこらず腹に巻き、頭から油をかぶって学会にのりこんでやるぞね――！」

「ええええっ⁉」

仰天《ぎょうてん》した助手が卵をふきだしそうになった。

「そんな、先生っ‼」

「止めてくれるなぞね。ワシはもう決めた。決めたったら決ーめた。ひとりでは死なんぞね」

カデュアリのその手はすでにせっせと論文のたばをかきあつめている。

「そして奴らの目の前で焼死してやるんじゃ。ひとりでも多く道づれにしてやるぞね。ひひひ。あのバカどもにこの貴重な研究をのこしてやるのは業腹《ごうはら》じゃ、ガマンならんぞね。これで〈世界現象学派〉も解散じゃ。イアン、おまえは故郷に帰って牛でも飼ってしあわせに暮らす

がいいぞね」

「僕の実家は商家《しょうか》ですっ、牛はいませんです」

「牛でなければアヒルでもネズミでもええ。もう終わりなんぞね……ワシらには後援者も支持者もおらん。持ち家もなければ、金もない。食糧も底をつきたし、最後のゆで卵は――」老学者はうらめしげに助手を見た。「おまえが食ってしもうた」

「ああ……っ!?」

「さらばじゃ、イアン」

「まってください、先生っ！　僕にチャンスをください、最後のチャンスをっ。先生のゆで卵を食べてしまった罪深い自分が、このさき知らぬ顔でひとりだけのうのうと生きていくわけにはまいりません！」

「ひとはだれでもおのれの罪を自分で背負っていくしかないぞね」

「いやです！　そんなおそろしい……」ゆで卵の恨《うら》みの罪など。

　泣きながら助手は学者のローブにしがみついた。

「お金なら、僕がなんとかします！　ですから先生、どうか早まらないで――」

　ぴたり、と老学者のうごきが止まった。

「――ホントけ」

「ええ！」

「ウソついたら針千本《はりせんぼん》のませるけんね」

「ええ！　千本でも万本でもっ」

老学者はニタアッと笑った。

くるりとまわれ右をしていった。

「そうか、それほどまでいうならしかたがない。死ぬのはあきらめるぞね。じつはもうひとつだけ、いい計画があるぞね。やつらに思い知らせるただひとつの方法が――ワシらの〈世界現象学派〉の正しさを証明するためにの」

ぐいとニワトリそっくりにカデュアリは胸を張った。

「まぼろしの古代都市をみつけるのじゃ」

「まぼろしの、古代都市を？」

「うむ。だが、どれほど危険かもわからん。それでもおまえはワシについてくるかね、助手よ？」

「地の果てまでもお供します!!」

師を思いとどまらせるためなら、彼はなんでもする覚悟だった。

＊

海の底にしずんだその指輪を、はじめにみつけたのは海の生き物たちだった。

嵐のあとでにごった水のなか。

砂にまかれてけぶる銀色のかがやきに眼をとめて、食いしんぼうのワヌンがそれをのみこんだ。ゆうゆうと海をおよぎまわる魚の腹のなか、指輪は人知れずかくまわれた。

一年……二年、それよりももっと長く。

やがて気ままなワヌンの命運もつきる日がやってくる。


人間の手によって捕獲《ほかく》されたワヌンの腹からにぶくかがやく銀の装飾品《そうしょくひん》が発見されたとたん、すぐに島のひとびとは村のオババに相談した。

海の生き物からもたらされるヒトの持ち物は、すべてが「予兆《よちょう》」とされていたからだ。

彼らは島におとずれる長魚の稚魚《ちぎょ》でその年の豊作《ほうさく》をうらなう。

海にながした果物《くだもの》の葉のしずみかたで運勢をきめる。

「これはハトと呼ばれる鳥であるな。白い平和な鳥よ。陸《オカ》の人間たちの持ち物にちがいない……」

オババは褐色《かっしょく》のてのひらの上で古い指輪をあたためるように持ち、落ちくぼんだ眼をとじたまま告げた。「レサをお呼び」

占師《せんし》であり、呪術師《じゅじゅつし》であり、なによりも尊敬される長老である老婆《ろうば》は、そういって村の勇敢《ゆうかん》なるひとりの戦士を呼びつけた。

「オババ？　オレになにか」

「レサよ。おまえはいくつになった？」

「十六だ」

「もう一人前じゃな」

「そうだ」ほこらしげにレサはうなずいた。

「では、おまえに頼もう、戦士よ。この指輪を、ゆかりの者にとどけよ。これの持ち主はとても大きな想いをのこしていよう。陸へわたり、その人に会え」

「承知した。その役目、りっぱにはたしてみせよう」

受け取る寸前、ふと声をひそめてきいた。

「オババ。これは死者の持ち物か？」

「いいや」

ゆっくりと、しかしはっきりとオババは首をよこにふった。

「まだ生きておる」

「オレはだれに会えばいい？」

「――ローカイドと呼ばれる街。港のそばに暮らしているちいさき魔女どのに」

第一章　川よ、風よ

1　愛ってなんだろう

「ねえ、ファリスちゃんっ。愛ってナニ？」

扉をあけて、唐突《とうとつ》にマリアがたずねた。

ファリスはその手からポロリと焼栗《やきぐり》をとりおとした。

「あ……愛？　ナニってきかれても」

「サラちゃんはねえー、それは眼に見えないものだってゆうのー。そんでもってつづきは殿下にきけばいいってゆうから、マリアそうしたの。そしたらね」

「殿下はなんて？」

「〝ナベでもかぶっていたらそのうちわかるわ〟って」

「あ。——そ、それで、ナベかぶってるの？」

「うん」

こくり、とマリア。

うなずくたびにゴトゴトとナベの帽子がずれる。

両手もちのナベだ。

もっぱらイモを煮るのに重宝《ちょうほう》している。

殿下ことダナティアはきっと皮肉でそう言ったにちがいないが、真《ま》に受けるマリアもマリアだ。

「さっきから二時間もこうしてるんだけど、まだわかんない。どれくらいかぶっていれば、わかるようになるかなあ～？」

「さあ……？」

「そんで、そんでね、ファリスちゃん知ってるう～？」

「え、なにを？」

「殿下、こんやくするって～……」

「ええっ⁉」

ファリスはひろいあげたばかりの焼栗の鬼皮《おにかわ》に思いきり指をめりこませてしまった。

「だだだ、だれと⁉　いつ⁉」

「知らないー。だれかと、いつか、だって～。殿下、白状しないんだもん」

「………」

いつもの天然《てんねん》ボケにしては、なにやらノリが重すぎないだろうか。

ようやく気づいて、ファリスはあらためてこの同僚《どうりょう》を見た。

ひねくりすぎたためにそっくりかえったエプロンのはしをいまも無意識にいじりまわしている。「三歩あるけばすべてのなやみをわすれる」といわれているマリアにしては、テンションがひくすぎる。

「ねえ、たとえ愛がなくても結婚できちゃうものぉ？　そうなのぉぉっ？」

ナベの下からじいっと見上げてくる琥珀《こはく》色の大きな瞳はなみだにうるんでいる。

「その、とりあえず、すわらない……マリア？　ほら、焼栗《やきぐり》。お客さんのおみやげ。まだあったかいよ」

ファリスはとりあえず焼栗で懐柔《かいじゅう》しようとした。

「うん……」

「お茶いれてこようか？　なにがいい？」

「ううん、いい……」

食べ物に見向きもしないとは、ますますただごとではなかった。

すなおに居間の椅子《いす》にすとんとすわったものの、マリアは片手で焼栗を、もう片方の手で襟《えり》元《もと》をしきりになでさすっている。

ふわふわの茶色の頭をあげて、

「ファリスちゃんは？」神妙《しんみょう》に問う。「やっぱりお嫁《よめ》さんにいっちゃうのぉ～？」

「えっ！」

「そうなのぉ～？」

「いや、あのね、マリア」

正直なところ、ファリスは二十歳《はたち》を目前にしたうれしはずかし適齢期《てきれいき》まっただなかにあって、これまでただの一度も「お嫁さんになる」ことを考えたことはない。

父親から男子同然に育てられ、骨の髄《ずい》まで戦うことをたたきこまれた。十七で故郷をでてからはなんの因果《いんが》かド田舎《いなか》の魔術師に弟子入りした。

そして因果のなれのはてに、いまはこのローカイドの街でマリアたちとともに四人で店をひらいている。

「私はそんな予定はないけど——」

「じゃあ、こどもは？」

「ええっ」

「こども。赤ちゃん。ベイビー」

「ええと、意味はわかるよ」

マリアがハーッとためいきをついた。

「こんなことなら、せめてこども産んでおけばよかったなあ……」

ガタッ！

すわろうとしていたファリスは長い足を椅子《いす》にぶつけた。

「……どっ、どうしたの、マリア。なにかなやみでもあるの？」

「うにゃ？　あのねー、なんどもお手紙かいたのにお返事がこないのー」

「は？」

「そんでもって、もうすぐ三年なのぉ」

「三年？　なにが？」

「マリアがジェイルさまと結婚してから～」

ハッとしてファリスは動きをとめた。

そうだった。前から見てもうしろから見てもななめから見ても、たぶんさかさにふってもマリアはせいぜい十二、三歳くらいにしか見えないが、これでもれっきとした人妻なのだ。

おなじ師匠《ししょう》のもとに弟子入りする以前から。

「んと、正確にはぁ代理結婚だけどぉ～……。んでも、ホウリツテキにはちゃんと夫婦なんだって、サラちゃんもゆってたよね？」

「う、うん。いってた」

「でもぉ、もうすぐ三年だからー、だからホウリツテキにもキビシイんだって。ええと――結婚コショウ期間ってゆうの？」

故障してどうする。それをいうなら「保証」期間だ。

だが、根がまじめなファリスにはとてもつっこめない。

「そ、それで、手紙のお返事がこないって……？　だれからの」

「マリアの、お姑《しゅうとめ》さん～」

「あ」

三年間、まがりなりにも嫁《とつ》ぎ先の義母からナシのつぶてというのは、どう考えても良いしるしではない。世事《せじ》にうといファリスにもそれくらいはわかった。

「だってね、もうすぐ記念日なの～」

マリアは、やはり脈絡《みゃくらく》のなさそうなことばをつぶやく。

「記念日？」

「結婚記念日～。記念日には、毎年お花をかざって、きれいな着物をきて、記念日おめでとうってお祝いしようねって、ゆびきりしたのに――」じわりとなみだが長いまつげの先にもりあがる。「いっしょにひとつずつ歳《とし》をとって、お茶をのみながらひなたぼっこして白髪《しらが》の数をかぞえようねって」

気の長い話である。

ふと眼をおとすと、マリアはしゃべりながら焼栗《やきぐり》を袋からだしてテーブルの上いっぱいにせっせとならべていた。ドミノ倒しでもはじめる気だろうか。

「ああー、その、マリア。もし、なんだったら、お休みをとって一度その嫁ぎ先に行ってみたら……？　もしかすると、なにか行きちがいがあって、お姑《しゅうとめ》さんに連絡がとれてないのかもしれないよ。こっちは心配しなくていいから。せっかく一人前になったんだし、仕事は私たち三人いれば、なんとかなると思うし」――たぶん。

「ありがとう、ファリスちゃん……。でも、いいの。マリア、お義母《かあ》さまにきらわれちゃってるからぁ」

「えっ、どうしてそんなこと」

それはね、とマリアは顔をあげた。

いびつなかたちをした栗《くり》がひとつ、コトンとテーブルのはしから落ちた。

「あたしがドロボウ猫だからなんだって。マリアのせいで、ジェイルさまが死んだって、お義母さまは思ってるのぉ」

館《やかた》の扉がドンドンとたたかれたのはそのときだった。

威勢《いせい》のいい声が、

「ごめんください、どなたかいらっしゃいませんか！　速達《そくたつ》ですよ、魔法使いさん！」

玄関先で高く呼ばわった。

速達？　なにごとか、と腰をあげてファリスはいそいだ。よもや虹《にじ》の谷《たに》の師匠《ししょう》の身になにかあったのでは、ととっさに考えた。日ごろから〈永遠の二十一歳〉とうそぶいてはいるが、二十代どころか、とっくに三桁《けた》の大台にのっていることを弟子たちは知っている。

「はいっ⁉」

「あ、よかった。男爵《だんしゃく》夫人に早馬便《はやうまびん》ですっ。こちらでよろしいんで？」

「は？」

だれ、それ？

ほかにこの魔術師の館に住んでいるのは、せいぜいプリンセスと学者と幽霊《ゆうれい》と居候《いそうろう》くらいだ。

「男爵夫人って――」

「あっ⁉　はいっ、はいっ、はいいいいっ。それ、あたしですうっ！」

力いっぱい両手をあげてマリアが名乗りでた。

「ええと、ブライマ男爵夫人？　レディ・マリア？」

「はいっ、そおですうっ。ありがとう、ゆうびんやさんっ♡」

帽子に指をかけ、どういたしまして、とこたえながらも、大きな黒カバンをさげた配達人はうしろ髪をひかれるように、珍獣《ちんじゅう》を見る眼で帰りしなになんどもふりかえっては小柄《こがら》な少女をたしかめる。

その気持ちはいたいほどよくわかった。

（だ、男爵夫人…………。そうだった）

とぼけた顔をしているが、マリアは男爵家《だんしゃくけ》の当主に嫁《とつ》いだのだから、まさしく男爵夫人である。だが頭ではわかっていても「マリア＝貴婦人＝男爵夫人」の図式がどうしても実感できない。マリアのダーリンとやらの顔を見たこともないのでなおさらだった。

もどかしげに封を切り、その場に立って文面に眼をとおしていたマリアが顔色をうしない、

「あっ」と声をあげた。

「な、なに？　マリア、どうしたの？」

「お義母《かあ》さまが、お義母さまが……たおれたって！」

『レディ・イネス危篤《きとく》。

早急にバードホールへ来られたし。』

2　バードホール

掃《は》きあつめられた木《こ》の葉《は》の山が、風もないのに渦《うず》をまいて宙に舞いあがった。

「おや……？」

ほうきを止めてふと顔をあげた使用人の目の前に、ナベをかぶった女の子がこつぜんとあらわれる。

転移《てんい》の魔法のはなつ波動が、逃げそこねた男を正面から見えない手ではたいた。

「うわーっ!?」

「あっ、ごめんなさ～いっ！　ええと、お義母さま——レディ・イネスはっ!?」

「お、お部屋にいらっしゃいます」

「どうもっ！」

舞いちる木の葉のなかに腰をぬかしてへたりこんだ男をしりめに、マリアは杖《つえ》を片手にスカートのすそをからげ、石の階段を一段とびにかけあがった。

バードホールはさして大きくはない。いそがしく立ちはたらく使用人たちを右に左にかわしながら、コマネズミのようなすばやさでまようことなく女主人の私室へと直行し、

「お義母さまぁ——っ！」

扉をぶちあけて叫んだ男爵家の嫁《よめ》は、

「なにごとですか、そうぞうしい！」

背をむけてしゃんと立っている初老の貴婦人のすがたを眼にして、ホッとすると同時に混乱してしまう。

「あ、あの、お義母さま!?　ごぶじだったんですねえええーっ！」

「まるで無事ではいけなかったように聞こえますね。だれがこの娘を呼んだのです？」

「わたくしが」

コホンと咳《せき》ばらいして、そばにひかえる白いひげの家令《かれい》がこたえた。

「おまえが、バイネル？　わたくしに無断でそのようなことを」

「はい。僭越《せんえつ》ながら、大奥さま。そのとおりでございます」

「大げさな。ただ二、三日寝こんだだけで」

「はい、大奥さま。そのとおりでございます」

けわしく眉《まゆ》をひそめてから、前ブライマ男爵《だんしゃく》夫人レディ・イネスは眼を転じ、濃い青の瞳で
マリアを見る。

およそ三年ぶりの再会である。

いきなりあらわれた嫁《よめ》におどろいているのかどうか、その毅然《きぜん》とした態度からはわからなかった。

やせぎすの身体《からだ》を黒いドレスにつつみ、ひとすじの髪のみだれもなく黒い髪を結《ゆ》っている。

鉄板を入れたようにまっすぐなせなか。

手やくびすじの皺《しわ》が、五十のなかばをすぎようとしている夫人の老いを物語っている。

マリアはいつもこの貴婦人の前では、修道院学校《しゅうどういん》のシスターに呼びだされたときのように緊張してしまう。

（そうそう、礼法《れいほう》のシスター・オリエがこんな感じだったんだよね～～～）

髪をかくすかぶりものがほんのすこしズレていただけでもシスターは生徒たちをきびしく罰《ばっ》

した。真冬に一晩じゅう礼拝堂での祈禱《きとう》を命じられた生徒は、その翌日にはひざがしびれて立てなくなる。シスター・オリエの「悔《く》い改めなさい」ということばを聞くと、上級生でさえふるえあがったものだ。

(お義母《かあ》さまって、もしかしてシスター・オリエの生き別れの双子《ふたご》っ？)

ありえない仮説についつい現実逃避《とうひ》するマリアである。

「よりによってこんなときに──」

「えっ？」

「その格好はなんです」

ハッとしてマリアは、頭にかぶったナベをぬいだ。

あわてたついでに手からつるりとナベは逃げ、石の床にぶつかって「ぐわーん！」と、すさまじい音をたてた。

ぐわーん、ぐわんぐわん！

「あっ。あのあの、お義母さまがキトクだってきいて！　だからいそいで来たんですうっ」

「だれが危篤《きとく》ですか、おちつきのない。あなたは、何年たってもこどものようですね。パルマーシュのマリア」

わざわざ「パルマーシュのマリア」と姑《しゅうとめ》は呼んだ。

「なぜ、ジェイルはあなたのような娘を選んだのか……。ほかにももっとふさわしい娘はいたというのに。——バイネル、あとでレディ・メガンをお呼びして。あそこのご息女《そくじょ》なら、この娘とおなじくらいの背格好でしょう。ちょうどいいサイズの服をもっておいでてでしょうから、ドレスをお借りできないか頼んでみます」

さすがにマリアは赤くなった。

「あ、あのう、すみませんお義母《かあ》さま」

「あなたのためではありません」

誤解するなと言わんばかりにはっきりとレディ・イネスは告げた。

「その平民の服をはやく着がえるように。だらしない髪もきちんと結《ゆ》いなさい。小間使《こまづか》いとまちがえられたいのですか？　お客様の前で、わが家の恥《はじ》をさらすわけにはまいりませんからね」

「は、はじ……？」

「来てしまった以上、帰れとは申しません」

家令《かれい》のほうをにらみつけてから、

「三日後の式にあなたも出席なさい。ですが、これだけはいっておきます。ここにいるあいだは、家名《かめい》に泥をぬるようなまねはひかえてもらいます。いいですね？」

黒髪の貴婦人は片手をあげた。

話は終わり、という合図だった。

それ以上はなにもいうことができず、

「さあ、若奥さま。おつかれでしょう、わたくしがご案内いたします」

家令のバイネルにうながされ、マリアは手をとられながら部屋をでた。

「神よ、感謝いたします。正直にもうしあげまして、まにあわないと思っておりました……。よくぞおいでくださいました。おひさしゅうございます、マリアさま。お荷物をお持ちいたしましょう」

「あ、ううん。これはいいのっ、だって魔術師の杖《つえ》だからっ」

「──さようでございますか」

白髪の家令は、感嘆《かんたん》の面《おも》もちでしげしげとマリアの杖を見た。

「ほんとうに、若奥さまは魔女におなりあそばしたのでございますね。魔術師は千里《せんり》の道をとぶことができると聞いておりましたが、まさかほんとうに──」

「あ、うん」

おなりあそばした、などと言われるとなにやらおちつかない。

ふわふわの髪に手をやって「てへへ」とマリアは照れ笑いした。ナベをかぶっていたせいで、ちょっとひしゃげていた。

「あのっ、バイネルさんっ。さっきお義母さまがおっしゃってた式とかって、いったいなんのことー？　なんだか、お客さまがいっぱいいっぱい、おみえみたいだけどー？」

城全体が人の気配になにやらざわめいている。

忠実な家令《かれい》が眉《まゆ》をくもらせた。すっと表情をひきしめ、

「どうぞおちついてお聞きください、若奥さま。じつはわたくしがあなたをお呼びしたのはそのためなのです」

マリアの手からうやうやしくナベをうけとり、

「大奥さまは、三日後に葬儀《そうぎ》をとりおこなうおつもりなのです」それを胸に押し当てていう。

「へっ？　だれのぉ？　まさかお義母《かあ》さま……じゃ、ないよね」

「旦那《だんな》さま――ジェイルさまのお葬式でございます」

ナベをもっていなくてよかった、とマリアは思った。

きっとまたはでに落としていただろうから。

＊

「まったくいい恥《はじ》さらしだ。三分花嫁《はなよめ》などとご近所にウワサされているわしの身にもなれ！」

「ちがうもん、四分だもんっ」

いまでも父親に指摘されるたびにマリアはそういいかえす。

なぜここまで彼女が正確にその数字をおぼえているかというと、ちょうどそのとき自然に呼

ばれてそわそわと時計ばかり見ていたからだ。だが、うれしはずかし花嫁さんが「トイレに行きたい」などといえるはずがないではないか。

「それにマリア、未亡人《みぼうじん》じゃないもんっ。ジェイルさまはまだ生きてるもんっ！」

嫁《とつ》ぎ先が遠方だったりした場合、ときには花嫁の地元で代理の新郎《しんろう》をたてて「代理結婚」なるものがおこなわれる。

はれの日の幸福を無残《むざん》にもうちくだくその急なしらせが男爵《だんしやく》家の使いによってもたらされたのは、マリアがチューリップのような花嫁衣装《いしょう》のすそをもちあげていそいそとトイレにむかおうとした、まさにそのときだった。

「えっ？　いま、なんていったのー？」

神殿の階段のとちゅうでポカンと口をあけたまま花嫁は聞き返した。

「ジェイルさまが？　なに？」

マリアの夫――ブライマ男爵ジェイル・ユリアス、バラルトン海にて行方《ゆくえ》不明。

急使《きゅうし》は青い顔でそう告げた。

＊

三年が経とうとしている今なお、その行方は杳《よう》として知れない。

天にあるしろきもの
それは雲
それは雪
それは鳥の翼……

雪ってどんなもの？　とマリアは首をかしげてたずねた。

暖流《だんりゅう》ぞいの海の街でそだった彼女にはぴんとこなかった。

リュートをひく手をやすめて彼はほほえんだ。

「ぼくも見たことはないよ。つめたくて、しろくて、手のひらのうえですぐに溶けてしまうものだって」

ふうん、とマリアは思った。

まるでしあわせみたいね、といったら、意外なことをきいたというように彼が笑った。

「きみはときどき、とてもむずかしいことをかんたんに解いてしまうね、おちびさん？　きみがいると、世の中のすべての悩みなどちっぽけなものに思えてくる」

なやみ？　ジェイルさまにもなやみがあるのだろうか？

彼はいつもおだやかに笑っているから、とてもそんなふうには見えない。

海にあるしろきもの
それは泡《あわ》
それは貝
それはあの方の船の帆影《ほかげ》

川よ　わたしの心をはこんでおくれ
風よ　わたしの想いをとどけておくれ
やがてひろがるその先の　ひろい世界のどこかへむけて
いとしいあの方のもとへ
わたしはいつまでもまっていると……

彼は歌がじょうずだ。

あまりにもうまく歌うので、吟遊詩人《ぎんゆうしじん》のおにいさんにちがいないと信じていた時期がある。

吟遊詩人はマリアがあこがれる恋物語の順位の三番目だった。

一番目は王子さま。二番目はさすらいの騎士さま。

マリアにとって彼は、そのぜんぶにあてはまる。

運命って信じる？

せいいっぱいまじめにきいたつもりだったのに、即座に「いいや」とあの人は首をふった。がっかりしているマリアに、すんだ水色の瞳で彼はいった。

「信じるものが運命だよ」と。

3　魔女と僧侶

男爵《だんしゃく》家の城バードホールに逗留《とうりゅう》しているレディ・メガンとその娘は、こころよくマリアに服を貸してくれた。

「お好きなものをえらんでくださいな。レディ・マリア。お気に召したものがあれば、どうぞお持ちになって。いいんですのよ、あの子は気にしませんし、服道楽《ふくどうらく》には母親のあたくしですらあきれているんですから」

「ありがとうございますぅ」

礼をいいながらも、じっさい、つぎからつぎへと出てくる衣装《いしょう》のかずかずにマリアはびっくりした。

社交界にまだ正式にデビューもしていない十二歳の少女のもちものにして、この衣装のかずかず。

ジョーゼットの中着、緑のベルベットのオーバードレス、レースをあしらった襟《えり》と袖《そで》のついたよそいきのドレスなど、クモの糸で織《お》ったようにふんわりとかるい。

「殿下の衣装もすごいけど～」

「殿下？　まあ、どなた？　ガルメニアの公妃《こうひ》殿下かしら。それともマーランの王女殿下？」

あの方たちの衣装道楽は有名ですものねえ。おっとりと、なにげなくレディ・メガンはいう。

つまりはそういう世界なのである。

マリアが嫁《とつ》いだ家の「ちょっとしたおつきあい」というのは。

「いいえ、あのう、ぜんぜんべつの殿下のことですうっ」

「まあ、そうなのですか」

小国がひしめきあうこの地方では、石を投げれば王さまに当たるといわれるほどだが、それでも現実の王侯《おうこう》貴族は全人口の四パーセントにも満たない。

「こんなときにこんなことをいうのはあれですけど、あなたにお会いできてよかったと思っていますのよ」

マリアの手にそっとてのひらをかさねてレディ・メガンはいった。

「どうかお気をわるくなさらないでね。本来なら三年前に、この城でジェイルの結婚式にお会いできたはずなのに――そう思うと、なんだかせつなくて」

「…………」

「歳《とし》をとってからようやくめぐまれた子だったから、従兄《いとこ》もジェイルのことはたいそうかわいがっていたわ。もちろん、とてもきびしい人だったから、口にだしていうことはなかったけれど」

「あの、レディ・メガンは、ジェイルさまのお父さまのお従妹《いとこ》にあたるんでしょうっ？」

「ええ、そうですよ。あたくしがいとこたちのなかではいちばん下ね」

なつかしむようにレディ・メガンはほほえんだ。

そのつややかな鳶《とび》色の髪はたしかにジェイルと似ている。

「この家にはね……男の子が生まれにくいの」

「ほえっ」

「どういうわけかね。うちも娘ばかり！　夫はよろこんでいるからいいけれど……それはともかく、従兄の場合はそのうえ三十をすぎても子宝《こだから》にめぐまれなかったものだから、あの方たちはオーリンを養子にむかえたのよ」

どきっとしてマリアは手にしていた絹《きぬ》のスカーフをおとしてしまった。

「そう、ジェイルの義理の兄よ。お会いになったことは？」

「はいー、ご家族に紹介されたときに、いちどだけ……」

ぜんぜん似てない、と思ったことだけおぼえている。

ひどく無口なひとで、ジェイルさまのほうが数倍ハンサムだわと思った。ジェイルはやけにこの兄を褒《ほ》めちぎっていたようだったが――。

「あのう」

「なにかしら?」

「あの、養子のオーリンさまをあとつぎにしなかったのは、それってつまり、やっぱりほんとうの親子じゃなかったからですかぁ……?」

レディ・メガンは眼をまるくした。

「まあ、なにをおっしゃるの! ちがいますよ、まったくちがいます」

「ごっ、ごめんなさぁいっ」

「あやまらなくてもいいんですよ。そうなの、あなたはなにもご存じなかったのね」

椅子《いす》に腰をおろし、考えをまとめるようにレディ・メガンはすこしのあいだ口をつぐんだ。

「むしろその逆ですよ」

「逆……?」

「ええ、ジェイルが生まれてからも、従兄夫妻ははじめの約束どおり、養子のオーリンに男爵《だんしゃく》家のあとをつがせるつもりでした。辞退したのはオーリンのほうなの」

「ほええっ?」

「自分から言いだしたのよ。僧籍《そうせき》に入りたいから、家をでたいと」

――たとえばぼくが一文《いちもん》なしでも、きみはついてきてくれるかい?

まだ婚約もしていないとき、なかば冗談のようにジェイルはマリアにたずねたことがある。

けれどもその眼は真剣で、マリアはその瞳に恋をした。

――ジェイルさまは、ジェイルさまじゃない――。

彼は一瞬、息をのむように立ちつくし、そしてききとれないくらいのかすかな声でいった。

――ありがとう。

なぜ礼をいわれたのか、そのときのマリアにはさっぱりわからなかった。

「丈《たけ》はちょうどいいけれど、胸まわりと胴はすこしなおしたほうがいいみたいね。だれか、手の空《あ》いている者にいって手直しさせましょうね」

ハタとわれに返ると、レディ・メガンが白いドレスをマリアの肩に当ててそんなことをいっている。

「あ。マリア、自分でやりますぅ」

「でも」

「まっかせてください! お裁縫《さいほう》はとくいなんですぅっ」

えへんと胸をはってマリアはほがらかにいった。

故郷のパルマーシュでも、靴下《くつした》の穴をかがらせたらマリアの右に出る者はいない。

「まあ、さすがね。うちの娘たちもあなたを見習ってくれるとよいのだけれど」

「え、えへへへ」

自慢できるのは裁縫と料理とおそうじ。家事に関しては鉄壁《てっぺき》の自信をほこるマリアであるが、残念ながらとりえはそれだけだった。

（ジェイルさまは、どう思っていたのかなあっ？）

いくら家事がとくいだからといっても、領地のある貴族の家を切り盛りするのはまたべつの話だ。

それは、間近でダナティアをみていればよくわかる。

包丁《ほうちょう》などにぎったこともないダナティア皇女《こうじょ》殿下は「魚をおろしなさい」といわれればスリガネで魚をまるごとすりおろしかねないが、奉公人《ほうこうにん》の采配《さいはい》をふるうことにかけてはピカイチだ。

「でもこまったわね。ふだん着と会食用はこれでいいとしても、かんじんの喪服《もふく》が――」

「だいじょうぶですっ」

言いよどんだレディ・メガンに、マリアはすかさずこたえた。

「なんとかなりますからっ！」

かわいそうに、こんなに無邪気《むじゃき》そうにふるまって……。

家令《かれい》のバイネルが気をきかせてわざわざしらせなければ、このおさない嫁《よめ》は夫の葬式《そうしき》も知らずにいたはずだと聞いた。いくら結婚に反対していたとはいえ、レディ・イネスもなにもそこまで邪険《じゃけん》にしなくてもよさそうなものだけれど。

無理をしているのね、と同情した心やさしいレディ・メガンはそれ以上いうのをやめた。

だがもしも――。

もしもこのときマリアがなにを考えているかを知っていたら、懇願《こんがん》してでもやめさせていただろう。

＊

淑女《しゅくじょ》のおじぎは、スクワットに似ている。

かかとを前後にずらしてかまえ、がに股《また》ぎみにひざを曲げながら小腰《こごし》をかがめるのだ。

優雅に、そして品よく。

もしもこの世にふくらんだスカートと張《は》り骨《ぼね》がなければ、その格好はまさしくただのカエル。一片の美的価値も見いだせないだろう。「女の見栄《みえ》をたもつためにバカバカしいスカートはあるのよ」とダナティアなどはいう。「それと殿方《とのがた》の幻想をこわさないためにね！」

だから、

「おや、これは？　どちらのお嬢《じょう》さんでしたかな」

身なりのいい、どこかの旦那《だんな》さまらしき人物と廊下《ろうか》でばったり出くわしたときも、

(カエル、カエル――っと)

おじぎの呪文《じゅもん》をとなえながら、殿方の幻想をこわさないためにマリアはせいいっぱい努力した。

ぐらぐらする両手いっぱいの衣装《いしょう》をかかえるのに必死で、相手の顔などろくに見ることもできない。

「ご、ごきげんよう」

「レディ・イネスのお孫さんですかな？」

「ごきげんよう」

「それともあたらしい小間使《こまづか》いかな？」

「ごきげんよう」

「………」

客は鼻白《はなじろ》んだようにあごをひき、わざとらしい咳《せき》ばらいをして「ああ、それでは」などと口のなかでつぶやいて、そそくさと廊下の曲がり角に消えた。

「ごきげんよう、さようならぁ～」

ああ、やっと行ってくれた。ホッとしてだらけたその瞬間、

「マリアどの」

いきなりうしろから声をかけられてとびあがった。

ドサドサと借りた服が足元になだれをうって落ちる。

(うっきゃーっ、しまったあああっ⁉)

あいさつ、まずはあいさつだ。くるりとふりかえり、マリアはうわずった声でいった。

「か、カエルっ！」

「……カエル？」

「あっ、ちがったっ、ごきげんようっ‼」

顔をあげ、うぎゃ、とマリアは思わず声をもらした。

(お、おおお、お義兄《にい》さまぁ――っ⁉)

そこにいたのは、ジェイルの兄にしてこの家の長男、オーリン・ブライマだった。

やせこけた顔のなか、陰気《いんき》な灰色の瞳がまばたきもせずに見おろしている。みじかく刈《か》り込んだ色のうすい金髪《きんぱつ》は、僧侶《そうりょ》服のフードにかくされてほとんど見えない。

「――いまの男性がだれだか、あなたはご存じですか」

わずかにあごをむけて問う。

「は、はいっ⁉　いいえ、ごぞんじませんっ」

「ガドス。近在《きんざい》の郷士《ごうし》です」

「ほえ～。そぉなんですか～」

マリアはまのぬけたあいづちを打った。

「彼があなたに皮肉をいったことに気づいていましたか」

「はいっ？」

「彼はわざとあなたを孫かときいた。この家に孫などいるはずがないのに」

「あっ。そっか、そおですよねー。あり？　でも、なんでわざわざそんな皮肉を～？」

「…………」

彼は顔から視線をはずし、首をかしげるマリアの手を無言で見ている。

(ひいいいっ、こわいようっ)

やりにくい相手だった。なにを考えているかわからない上に、オーリンの声はぎょっとするほど低い。夜道で声をかけられたら、ぜったいに亡霊《ぼうれい》だと思うだろう。

(オーラで感情が読めるかなあ……？)

考えて、ひそかに意識を集中させた。ちょっとずるい気もしたが、すでに気迫で負けているのだ。これくらいのハンデはゆるされるだろう。そして、すぐに失敗を悟った。

(うにゃーっ、ぜんぜん読めないっ！)

「……マリアどの。あなたは魔術をつかうそうですね」ふいにオーリンがいった。

「うひゃっ!?　あの、ハイいちおうー……あっ。そおいえば、お義兄さまってお坊さまでした、よね……？」

感情が見えなくてもあたりまえだ。

精神修行をつんだ者なら大なり小なり感情をおさえるすべを知っている。

「しかも、たしか、あの修行のきびしーいお寺の」

「そうです」

(も、もしかしてマリア……それで、お義兄《にい》さまにきらわれちってるのかなあっ？)

「そ、それで、いつこちらにおもどりにぃー？」

「ついさきほど。――さっきの男には娘がいましてね」感情のこもらない声で彼はつづける。

「彼女をわたしに嫁《とつ》がせたがっているようです」

「はえ？？？」

なぜそんな話をするのか、まったく見えない。

だいいち、僧籍《そうせき》にある彼には妻をめとることはできないはずだ。

出来のわるい生徒に言い聞かせるように、

「父もなく弟もいない……これでわたしが還俗《げんぞく》すれば、この家と縁故《えんこ》をむすべると思っているのです」

「あっ――！」

「母から伝言があります。客人を招いての夕餉《ゆうげ》は二時間後だと」

「うわあっ、そうでしたぁっ。すいません、すぐに支度《したく》しますぅっ！　だいじょうぶです、二時間もあれば一着くらい、すぐに寸法《すんぽう》なおしできますからあっ」

あわてて足元にしゃがみこんだマリアの頭上から「いいえ、その必要はありません」義兄の声は槍《やり》のようにふってきた。

「夕食は部屋におもちするとのことです。あなたは出席しなくてもよいそうです」

「えっ……？」

ちらばったドレスをかきあつめていた手が止まった。

「それって」

「今夜だけでなく、明日以降もあなたが正餐《せいさん》に出る必要はないと母は申しております。ジェイルの弔《とむら》いまではどうぞお部屋でご自由におすごしください。パルマーシュのマリアどの」

ふるえる指でやわらかな布地をつかみ「わかりました」と返事をするだけでせいいっぱいだった。いま顔をあげたら、きっとなみだがこぼれてしまう。

なぐさめのことばもかけず、僧服の袖口《そでぐち》に両手をつつんだまましばらくオーリンはその場にたたずんでいたが、マリアが意地でも顔をあげないのを見てとるとやがてきびすを返した。

「――マリアどの」

見えない視界から、義兄がひっそりと呼びかけた。

「あなたは、わたしが養父から勘当《かんどう》同然のあつかいを受けたことをご存じか？」

「いいえ」

すくなからずおどろいてこたえた。

「わたしが反対を押し切ってこの家とはまったくちがう宗派《しゅうは》に入信したからです。縁を切るとまでいわれました」

だからなんだというのだろう。

オーリンがジェイルにかわって家を継ぎたいというのなら、そうすればいい。

かけひきはもうたくさんだった。

「むずかしい話は、あ、あたしにはわかりません……」

「あなたはなぜわたしの弟と結婚したのですか。財産目当てで？」

だれからどう思われようとかまわない——そう心に決めていたけれど、このひとことにはがまんがならなかった。いくらジェイルさまの愛するお義兄《にい》さまであろうと、どうしてもはっきりといってやらなければ気がすまない。

服の下にかくされた喉元《のどもと》の鎖《くさり》をぎゅっとにぎりしめ、マリアはいった。

「ジェイルさまがあたしをえらんで、あたしがジェイルさまをえらんだんです。それだけじゃダメですか」

はじめて、オーリンがかすかに笑ったような気配がした。

なぜ笑ったのかはわからない。こんなときに笑えるなんて……。

「ジェイルはどうやらまちがってはいなかったようだ」

どういう意味なのかと問い返そうとしたときには、すでに義兄のすがたは視界から消えていた。

4　うたかたの星

あなたがたには、どこにも行く場所がなかったからです——。

だから自分たちを弟子にしたのだと師匠《ししょう》はいった。

服のままつっぷしていたベッドから泣きはらした眼をあげ、マリアは首にさげたほそい鎖をそっとたぐりよせた。

シャリンと金属の音が鳴る。

(ジェイルさま……どこにいるの?)

鎖の先にはジェイルからもらった指輪がある。

婚約指輪。青い地にかこまれた白いハトは愛の象徴だ。だが、この城にはマリアの愛する人はおらず、彼女の居場所もない。

「お師匠さまぁ、ごめんなさい……やっぱりマリアには無理だったみたいですぅ……」

なんのためにこれまで修行をしてきたのか。

それは彼をみつけるためではなかったのか。

「これまで、いっぱい、いっぱいがんばったんだよう？　でもね、なんどやってもわからないの……ジェイルさまのいるところが、どうしてもわからないの」

マリアはずっと彼の行方《ゆくえ》をさがしつづけてきた。

いつかきっとみつかる。そう信じていたからこそ、なんど失敗してもあきらめずにつづけてこられた。

「一人前だなんて、うそだよう」

たったひとりのだいじな人をみつけることができないなんて——。

自信がゆらぎはじめた今、マリアはどうしていいのかわからない。

（おやおや。あなたはわたしの教え方がわるかったというんですか、マリア？）

「お、お師匠《ししょう》さまっ⁉」

がばりとはね起き、きょろきょろと周囲を見わたした。

とうにロウソクは燃えつき、満天の星あかりが窓辺からさしこんでいる。青い影のようにひっそりと、羽化《うか》したばかりの蜉蝣《かげろう》に似た白い人影が星を背にしてたたずんでいた。

「お師匠さまっ！　まさかまさかぁ、とうとう寿命《じゅみょう》があっ……⁉」

（縁起《えんぎ》でもないこといわないでください）

むっとしたように師匠の影はローブの袖《そで》を胸のまえで組んだ。くすんだ長い金髪《きんぱつ》がそのうごきにあわせてサラリとゆれる。

「だってお師匠さま、若づくりだからぁ。なんかすきとおってるしぃ」

すん、と鼻をならしてマリアは眼のはしをシーツでぬぐった。

(わたしはまだ二十一ですよ)

「ほ、ほんものだぁ……」

泣き顔のまま、えへへとマリアは笑いかけた。

(あきらめるなんて、あなたらしくありませんね。まさか、鬼ババアの権力に屈《くっ》したわけではないでしょうね?)

「お義母《かあ》さまは――マリアにいったの。あなたはまだ若いんだから、あったかなかったかわかんないような過去のシガラミにしばられることないって～。ジェイルさまとの結婚は……は、白紙にもどすこともできるからって」

(けっこうじゃないですか。そのとおりですよ、あなたはまだ若い。男のひとりやふたり、さっさとわすれて第二の青春とやらをたのしめばいいんです。それともあれですか、せっかく夫が死んだのに、この城の女相続人になれなかったのがくやしいんですか? いちおう貴族とはいえ、あなたのおうちは貧乏《びんぼう》でしたからねえ)

「ひどいっ」

(なにがひどいんです? わたしはいつかあなたにいってあげたいと思っていたんですよ。あなたがその、お坊っちゃんとやら――)

「ジェイルさまですっ！」

(ジェイルさまをまちつづけることにどれだけの価値があるのかと。彼がいったいなにをしてくれましたか？　あまい口約束だけして、やっかいな家庭の事情をほったらかしたままで、あなたを未亡人《みぼうじん》にしただけでしょう。いちばんタチがわるいのは、生死不明ってとこです。死んでしまったことがわかれば、すくなくともふんぎりはつきます)

でも、と師匠《ししょう》は容赦《ようしゃ》なくいった。

(彼は骨のカケラすらのこしていない。ケチな野郎ですね)

「だって……！　もうみんな、わざとわすれようとしてるんだようっ？　それってあんまりじゃない！　お金とか、体面とか、そんなことばっかり気にして……。お、おそうしきだなんて、マリアにもないしょでっ、そんなウソのお芝居《しばい》みたいなこと」

(葬儀《そうぎ》というのは、死者のためだけのものではありませんよ、マリア)

思いがけずやさしい声で師匠は語りかけた。

(生きている者たちのためでもあるのです。たいせつな人をなくした人間には、なにかそのケジメとなるようなものが必要なんですよ……。たとえウソでも気休めでもね。あなたが、そうやって指輪をだいじにしているのとおなじように)

マリアは口をつぐみ、銀色に光る指輪をみつめた。

(あなたがそれを指にはめずにもっていたわけはなんですか？　形見《かたみ》にしたくなかった。そう

じゃありませんか?)

「お師匠《ししょう》さま、あたし」

(いまのあなたは中途半端《はんぱ》ですよ。彼らのように死を受け入れることもできない。かといって、希望をすてることもできずにいる——。あなたがほんとうにあきらめないというのなら、なにがあろうと夫の生死を見とどけてくるべきです。自分でさがして、納得するまで)

第一、と師匠はつけくわえた。

(そんな顔でなかまのもとへ帰れると思うんですか?)

ファリス、ダナティア、サラ。友人たちの顔がつぎつぎに脳裏《のうり》に浮かんだ。

マリアはあわてて袖口《そでぐち》でごしごしと眼のあたりをこすった。

そうだ、このままでは帰れない。

ダナティアはどなり、サラははげましのかわりにあやしいクスリをくれ、そしてファリスはきっと死ぬほど心配するだろう。

(もちろん、死のうなんて思ってませんよね?)

死ぬのもだめだ。

ダナティアは墓石にむかって起きろとどなり、サラは心をこめて人体標本づくりにはげみ、ファリスはやっぱり死ぬほど泣くだろう。

「お師匠さま……これって、夢かなあ?」

(どうして?)

「お師匠さまが、マトモなことゆってるし―」

(これでも?)

前にさしだした師匠のてのひらの上に、ポンとまるい毛玉があらわれた。

「ごくちゃんっ!」

白いマリモのような使い魔をだきしめ熱烈歓迎する弟子に、(なにか、あつかいにずいぶん差があるような気がするのはわたしの気のせいですかね)ひがみっぽく師匠はブツブツつぶやいた。

(マリア。かつての教え子のよしみです。わたしが見ていてあげますから、もう一度ここでやってごらんなさい)

なにをやれといわれているのかは、すぐにわかった。

マリアはごくちゃんをベッドの上にそっと置き、師匠が床にひろげた地図に歩みよった。補助となる呪具《じゅぐ》は用《もち》いず、そのかわりにジェイルののこした指輪だけをにぎりしめて。

見守る星々のあかりが彼女をはげまし、力をわけあたえてくれるような気がした。

てのひらにポウと熱があつまる。

それは、いつもの術の感覚とはすこしちがっていた。もっとやわらかくて力づよい。

「ねえ、お師匠さま……?」

(なんですか、マリア?)

「もしこれが夢だったら、わすれたくないなぁ」

師匠《ししょう》のこたえはかんたんだった。

(わすれなければいいんです)

そのとおりだ、と思った。

想いは星の光となって部屋いっぱいにあふれた。ほおにやさしくふれる銀の霧だ。やがて光の粒《つぶ》は収束《しゅうそく》し、彗星《すいせい》のように地図の上にふりそそいだ。銀のしずくがはじけた。

「ほえっ?」

ぱちぱちとまばたいて、マリアはたったいま見たものの残像を頭のなかでくりかえした。

「ええとぉ……? これってどういうことかなあっ」

マリアのめざすべき場所は二カ所にわかれていたのだ。

ねえ、お師匠さま、これって——。

ふりむき、そう口にしたとたん、朝日のなかでマリアはパッチリとその夢からさめた。

三日目の朝——もうすぐ彼女の夫の葬儀《そうぎ》がはじまる。

5 ながの別れに

空は晴れていた。

かすみのような雲が、司祭のとなえる弔《とむら》いのことばの上をながれていく。

「いやはや、盛大な式ですな！」

と、場ちがいなおせじをいった参列客のひとりは、喪主《もしゅ》であるレディ・イネスににらまれてたちまち沈黙した。

「……あの娘はどこに行ったのです。もうすぐ式も終わるというのに」

「はい、今朝《けさ》からおすがたを見かけません」

「逃げ帰ったと？」

「いえ、そこまでは――」家令《かれい》のバイネルは言葉をにごす。「お呼びするべきではなかったのかもしれません。わたくしはよけいなことをしてしまったようです」

「わかりきったこと」

参列者の数があまりにも多すぎて、野天《のてん》での葬儀となった。

そのほとんどが領民たちだ。

「ジェイルさまは、みなに慕《した》われておったのじゃなあ」

「しかし、奥方さまはこれからどうなさるのか。めずらしくオーリンさまがおもどりになっておられるようだが、やはり跡継ぎはあの方に――？」

「そういや、若奥さまはどうしたんだ？」

た。

「いや、どうやら来てねえようだ」

そんなささやきが耳からすっと遠くなり、一瞬めまいを感じてレディ・イネスはふらつい
「母上、どうかご無理なさらず」

「すこし疲れただけです、オーリン。年寄りあつかいはおよしなさい」

「ですが」

「もうすこしで終わるのです。喪主《もしゅ》がいなくてどうしますか。この母の身を案じるつもりがあるのなら、おまえもその僧服をぬいだらどうなのです。そうしたらすこしはわたくしも気が楽になります」

「年寄りあつかいするなと口にするようになれば人はりっぱな年寄りです。ともかく、わたしの腕におつかまりください。それくらいならバチも当たりますまい。医者と坊主《ぼうず》のいうことは聞いておいたほうが身のためですよ、母上」

ふっ、とかすかな笑みが女主人の強情な口元につかのま浮かんで消えた。

「そういうところは変わらないのですね」

「なにも変わってなどおりませんよ」

もどかしげなつぶやきを返し、オーリンは養母の腕をささえて背すじをのばした。

「マリアを帰したそうですね？」声だけで問う。

「…………」レディ・イネスはあえてこたえなかった。

「なぜです」

「あの娘はこの家にふさわしくありません」

「まだそんなことを……!」声を荒らげそうになり、両目をとじて深呼吸した。「いいですか、母上。ことばは口にしなければなにもならないのですよ。それに、彼女が財産目当てでないことぐらいおわかりでしょうに」

「だからです。財産目当てのほうが、まだ根性があります」

「なんて頑固《がんこ》なんだ」

目の前をとおりすぎた司祭に一礼しながら、下をむいてうめきを噛《か》み殺した。

「はっきりみとめたらどうなのですか。ジェイルが行方《ゆくえ》不明と聞いたとき、あの娘にやつあたりしてひどい言葉を吐いてしまったのがまちがいだったと」

「それはわかっています」

「そう、だからあなたはますます彼女に対して負《お》い目《め》があるんだ」

マリアを見ると、そのたびに自分の醜態《しゅうたい》を思い出してしまうから。

ぞろぞろと解散する葬儀《そうぎ》の人波と、おくやみの言葉に礼をかえしながら、

「完璧《かんぺき》な人間などおりませんよ、母上」

「あなたは完璧でした、オーリン。すくなくとも、僧侶《そうりょ》になるなどとバカなことを言い出すま

えまではね」

「親の欲目《よくめ》もそこまでくると重症だ。……完璧《かんぺき》に見えましたか？　それは、そう見えるようにふるまっていたからです。問題は、ジェイルまでもがそう信じこんでしまったことです」

はじめて、レディ・イネスの顔におどろきが浮かんだ。

「なんですって……？」

「完璧な義兄とやらにひけめを感じて、実子《じつし》の自分が跡をつぐことをなやんでいた」

「そんなばかな」

「ばかでも信じられなくてもほんとうのことです、母上。われわれはみんな病《やまい》にとりつかれていたんですよ。〈完璧病〉という病にね――！」

ふいに郷士《ごうし》親娘を目に留めて、身ぶるいしながら彼は「それに」とつけくわえる。

「わたしはなにがあろうと還俗《げんぞく》する気はありませんから。いまの生活が気に入ってるんです。あんな女性と結婚するくらいなら、北の海のサメと闘って死んでやる」

「オーリン！」

彼は肩をすくめ、

「勘当《かんどう》同然のこの身ですが、わたしの手が必要ならば、いつでもよろこんで参上しましょう。名誉《めいよ》にかけて誓《ちか》います。ですから、母上……あなたも、もうつまらぬ意地を張るのはおよしなさい。いいわけはけっこう。ではなぜいままで、マリアから家宝《かほう》の指輪をとりあげなかったのです。そうしようと思えば、三年前のあの時点で没収《ぼっしゅう》できたでしょう」

いたいところをつかれてレディ・イネスがしぶい顔をした。

風にのって歌がきこえてきたのはそのときだった。

「あれは――」

ひとり、ふたり、と、帰りかけていたひとびとが耳をすまして立ち止まる。

海にあるしろきもの
それは泡《あわ》
それは貝
それはあの方の船の帆影《ほかげ》
川よ　わたしの心をはこんでおくれ
風よ　わたしの想いをとどけておくれ

「若奥さま!?」

ふだんは冷静なバイネルがとりみだしたのも無理はなく、よりによって葬儀《そうぎ》のこの場に、あでやかな晴れ着をきてマリアは丘の上に立っていたのだ。

その髪に腕に首に、色とりどりの花輪をかざって、髪を自然にながしたままの娘はまるで妖精のように愛らしかった。

だれもがこの「なりそこないの花嫁《はなよめ》」をだまって見つめた。

「なにかを、期待していたからではないですか……？　母上」

「………」

イネスはこたえなかった。いや、こたえられなかった。

あの歌は、ジェイルが得意だった歌だ。

　やがてひろがるその先の　ひろい世界のどこかへむけて
　いとしいあの方のもとへ
　わたしはいつまでもまっていると……

歌は祈り、声はそのまま魔法となって、マリアのひろげた両手の先から草の上に花を咲かせた。

水の波紋《はもん》のように、いっせいに。

「ジェイルのためだけではなく、母上。あなたにもたぶんあの娘のような人間が必要なんです。ひとの分までよけいに泣いたり笑ったりできる人間がね。それに」

微笑を浮かべてオーリンはつけくわえた。
さいわいなことに、彼女は完璧《かんぺき》ではない——と。

第二章　旅立ちの日

黎雄王《れいゆう》の治世に〈破壊者〉あらわれ、王を弑《しい》す。
王の娘これをなげき、天地にねがいて、極真《きょくしん》の理《ことわり》に依《よ》りてみずからを守護者《しゅごしゃ》となす。
守護者、またの名を守護聖霊《せいれい》といえり。
すなわち真の〈調停者〉の名なり。
守護者、〈破壊者〉を虚界《きょかい》に封じ、慈悲《じひ》をもって予言せり。
〝大罪の〈破壊者〉よ。
破壊神の供物《くもつ》となりし者よ。
忘却《ぼうきゃく》と二度の死がそなたを救うであろう〟

1　虹の谷の魔法使い

その日、虹《にじ》の谷《たに》の魔術師エイザードが髪を切ろうと思ったのはただの思いつきからだった。

石積みの労働に、はんぱに長い髪は邪魔《じゃま》になる。

けっして「いいかげんにどうにかしろ」と友にしつこく言われていたことを思い出したからではない。

瓦礫《がれき》のなかからハサミをさがしだした。鏡のかけらを土から掘りおこして仮住《かりず》まいの小屋の机に置き、そのまえにすわって眼にかぶさる前髪をひとふさつかみ、いざハサミを入れようとしたそのとき、

「エイザードぉっ!!」

ジャキン。

外からの大声で手元が狂った。

「…………」

彼は、目の前に散った金髪《きんぱつ》をむなしくみつめた。

「おらんのか、エイザード!? このへっぽこ魔術師――!! おお、いたか」

ばたん、と音をたてて炭焼き小屋からでてきたエイザードに、

「……むっ。その頭はどうした?」馬上から虹の谷の騎士がふしぎそうにたずねる。

「なんでもありませんよ」

むすり、とエイザード。

いつまでもさわっていると却《かえ》って注意をひくと気づいて魔術師は手をおろした。

前髪の切り口がみごとにくっきりとななめになっている。

前衛《ぜんえい》的な髪形であった。

「なんのご用です？　支部長さん」

「ひまか」

「ひまに見えますか？」

「うむ、そうか。よし、ではちょっとつきあえ」

一方的にきめつけ、愛馬流星《りゅうせい》号の馬首をめぐらせる。あっけにとられてエイザードは問いかえした。

「ちょっとまってくださいよ、行くだなんて一言も――」

「三分まってやる」

「は？」

「なにをぐずぐずしとるか。月白《つきしろ》号をつれてくるまでまってやるといっておるんだ」

口をはさむスキをあたえず、

「どうせきさまのことだ、弟子からあずかった馬をろくにかまってもおらんのだろう。散歩ぐらいさせてやれ。まったく、馬のことなどなにも知らんくせに文句をいうな！」

たたみかけるようにいう。

そういわれるとエイザードの立場はよわい。

一瞬言い返そうとしたが、「わかりました」結局あきらめたように魔術師はうなずいた。

馬房《ばぼう》から解放すると、手綱《たづな》をつけるまでもなく、おとなしい牝馬《ひんば》はうれしそうにエイザードのあとをついてきた。持ち主のファリスに似てすなおな性格だ。

あわい赤紫色に、しずみかけた夕陽が谷に光をなげかけている。

「ちゃんときさまが馬の面倒をみているか、監督してくれとたのまれておるからな」

ゆっくりと駒《こま》をすすめながら頑健《がんけん》な騎士がいった。

「ファリスにですか？」すこし意外そうにエイザード。

「ナハトールだ」

「馬の飼い主というのは、男のくせにどうしてそう神経がこまかいのでしょうね」

「正直にいったらどうなのだ？」

「ええ。どうしてどいつもこいつもケツの穴がちいせえんでしょうかね」

「──きさまというやつはっ。これまでそうやって猫をかぶってきおったのか！」

牝馬のほうを見ながらエイザードは聞こえないふりをする。

ひとりごとのようにいった。

「ファリスも、わたしなどでなく支部長さんに月白をあずければよかったのに。そうすれば、きちんと面倒をみてもらえたでしょうに」

「きさまは、なにもわかっておらん」

「どうせわたしは大ざっぱです」

「そうだ。そのうえ大うそつきだ」

いつもとはどこかちがう騎士の口ぶりに、エイザードは怒るよりも先に、おや、と思った。馬の散歩は口実《こうじつ》だったのだろうか。

「……どこまで行くんです？」

「だまってついてこい」

のぼりの道がつづき、やがて彼らは崖《がけ》のそばにでる。ちいさな白い石碑《せきひ》がたっている。エイザードの師匠《ししょう》、〝楽園〟の先代の当主がねむる場所である。

「お墓参りに？」

騎士アシャ・ネビィはこたえず、馬から荷をおろすと愛馬を解放した。ファリスの白い牝馬《ひんば》とともに彼の栗毛《くりげ》はかろやかに野に駆けだしていく。

「きさまとは一度勝負をつけねばならんと思っていた」

先代の墓にむかい、かたくるしく黙禱《もくとう》すると、背をむけたまま騎士はいった。鞘《さや》におさめたままのひとふりの剣を投げてよこす。

「ぬけ」

「なんですって？」

「剣をぬけといったのだ」腰の長剣をひきぬき、それを片手にふりかえる。「手かげんなんぞいらん。本気でこい」

「ええと、まってくださいよ。あまり帰りがおそくなると、その、留守番《るすばん》しているリーザが心配……」

「話はつけてある。朝までもどらんかもしれんが案ずるなと」

「朝までナニをやる気なんです⁉」

「そのくさった性根《しょうね》をたたきなおしてくれるわ、このぬらりひょん！」

イノシシのごとく騎士が突進してきた。

とっさに剣の鞘で、ふりおろされた初太刀《しょだち》をガッと受けとめる。

「おねがいですから、支部長さん、こんなことは！」

「本気でこいといった！」

「――っ！」

ぐっと刃《やいば》を押し返し、なかば無意識に打ちはらった。

とびすさりざまに腰をおとし、鞘をふりとばす。ぬき身の剣の重さがてのひらに吸いつくようにぴたりとなじむ。おどろくほど自然に、身体《からだ》はいまも闘いをおぼえている――そのことにエイザード自身とまどった。

「やはりな」騎士が青い瞳をけわしくしてつぶやく。

「支部長さん、聞いてください。本気になったら、わたしはあなたを殺してしまう……！」

「おお、やってみろ！」

エイザードはあせりをつのらせた。

騎士は自分の本性《ほんしょう》を知らない。

剣を捨てようにもすぐさま次の斬撃《ざんげき》がくる。腕をあげ、剣を合わせた。赤くそまった夕陽のなかで、打ち合わされた剣からはじける火花がはげしく散った。

アシャ・ネビィの闘気《とうき》に反応して、たちまち思考が霧散《むさん》する。

なにも考えられない。いまここにあるのは闘いだけだ。

上腕《じょうわん》めがけて横あいからきた刃風に、ぎょっとしたように騎士が剣をもちなおすのが見えた。

楯《たて》のかわりにエイザードの一撃を受けた剣を、アシャ・ネビィはそれでも手放さなかった。が、そのいきおいを殺すことはかなわず上体がながれ、バランスをうしなう。

自分の剣にひきずられるように草の上にドッとひざをつく。

こちらからしかけたこととはいえ、騎士には、自分よりも体格でおとるこの男の力のすさまじさが信じられなかった。

なんという重さ――！

エイザードの剣は重く、するどい。

型よりもその圧倒的な力で相手をねじふせる剛剣《ごうけん》だ。

「くうっ、まだまだっ！」

しびれる腕に剣をたもちながらすぐさまはね起きた。

そのひざをつよく蹴《け》られ、あっと思う間もなくつきだされた片手にのどをつかまれる。

頭からうしろにたたきつけられ、視界がくらんだ。

剣を遠くに蹴りとばされた、と気づいたときには、たおれた腹をがっちりとおさえこまれ、
あおむけの頭上には剣を逆手《さかて》につかんだエイザードの顔があった。

闘いの熱に浮かされ、表情を欠いた紫の双眸《そうぼう》は、闇に落ちる寸前の夕陽のように暗かった。

ああ、とアシャは理解した。死を覚悟しながら。

これなのか。

この男がおのれ自身すらもあざむき、ひたすらにかくしてきたものはこれだったのか。

切っ先を下にむけたまま、両手につかんだ剣をエイザードがつきおろした。

＊

肩からながれおちた長いくすんだ金髪《きんぱつ》が、うつむいたままの男の顔をかくしていた。

両手はまだかたく剣の柄《つか》をにぎったまま身じろぎもしない。

風がふいていた。

「――おい」

真下から声がした。

「どけ、髪が邪魔《じゃま》だ」

ふきげんな騎士の声に、すうっと肩から力がぬけた。髪の先にくすぐられてガマンができなかったのか、アシャ・ネビィがくしゃみを連発した。

エイザードはわざとのようにゆっくりとした動作で、騎士の腹と肩から自分のひざをどけた。それまですがりつくようににぎっていた剣を、深く刺さっていた地面からひきぬく。

うなじをさすりながら騎士がむくりと起きあがり、

「あと一寸《ちょっと》でもズレていたら、いまごろ動脈《どうみゃく》がぶっちぎれていたぞ」

ぶつぶつという。

「あなたがわるいんですよ。自業自得《じごうじとく》です」

「まあ、先にケンカを売ったのはたしかに私だ。なぜ剣を捨てた？　きさま、ただの妖術使《ようじゅつ》いではあるまいが。その腕ならなにも妖《あや》しげな術など使わずともじゅうぶんな戦《いくさ》ばたらきができよう。魔術師に弟子入りする以前はなにをやっていた。騎士ではなかったのか」

「騎士？」

つぶやき返し、まじまじとアシャ・ネビィをみつめる。

——と、とつぜんエイザードは哄笑《こうしょう》した。

すぐに仏頂面《ぶっちょうづら》にもどり「騎士なんかクソくらえです」吐き捨てるようにいい、剣を無造作《むぞうさ》にかたわらの地面にさした。

「そんなお上品な職業、わたしには縁がありません」

なげやりに髪をぐしゃぐしゃにかきまぜ、眉間《みけん》にしわをよせる。

騎士はめずらしいものでも見ているような気になった。

エイザードは灰色のローブの片ひざを立ててその場にどすんとすわりこみ、頑是《がんぜ》ないこどものような顔をしている。

「わたしは権力者がきらいです。だれに忠誠を誓《ちか》う気もない」

今度は騎士がしばし沈黙した。腕組みをし、

「……まあ、それでいいのかもしれんな」

ううむとうなずいて自分自身を納得させるようにひとりごとをいった。

このことばの意味をエイザードが知るのは、しばらくのちの話である。

「ぬう、まだ腕がしびれているぞ……。なんちゅうバカ力だ、きさま」

「あなたのバカ声ほどではありません」

「ぬかせ」

舌打ちして騎士がなにかを投げてよこした。

「なんですか、お酒？」

「月がのぼるまでまだ間がある」

「酒盛りでもしようっていうんですか」あきれたようにエイザード。「あなた、なに考えてるんです」

「考えることなら、いくらでもある。家族のこと、部下のこと、それに——こらこらまて！ちょっとまてきさまっ。ビンに口をつけて呑《の》むなあっ!?」

「なにケチくさいことを」袖《そで》で口もとをぐいとぬぐい「どうせおごりなんでしょう？」

「せっかくの酒が泣くわ！」

酒《さか》ビンをとりかえし、わが子をかばうように騎士はそれを抱きしめる。

「はあ。お酒にこだわる方とは存じませんでした」

「これは別物だっ。生命の水と呼ばれるイルノーの上物《じょうもの》だぞ！」

「どんな酒だろうが、上と下から出してしまえばおなじじゃないですか」

「………信じられん。こんな奴だったのか？」騎士はうめいた。「こんな奴にわが国はふりまわされておったのか？」

エイザードがフンと鼻を鳴らした。

「国家がどれだけのものだというのです。そんなものがなくても人は生きていける」

「ああ、たしかにそうかもしれん。だが、私はそれだけとは思わん」

「では、あなたにとっての国とはなんです。主君とは？　おろかな支配者に泣くのは民衆です」

「きさまは傲慢《ごうまん》な奴だな」

「傲慢？　傲慢ですって」

「そうとも。きさまは、上か下かという基準でしかものごとを見ておらん。民草《たみぐさ》に共感するようなことをいっておるが、そのじつ、民をかよわいと頭から決めつけているのはきさま自身ではないか。それが傲慢でなくて、なんだ」

手にした雑嚢《ざつのう》から白目《しろめ》の杯《さかずき》をふたつとりだしたが、思いなおしたのかアシャ・ネビィは酒のビンを一口あおってそのまま相手につきだした。

「問題をすりかえるな。きさまのそれは詭弁《きべん》にすぎん」

「――支部長さん」

「なんだ」

「あなた、見かけによらずたまにはマトモなことも言えるんですねえ」

「しみじみというな、しみじみとおおおっ！」

いつのまにか夜の帳《とばり》がおり、あたりには藍《あい》色の夜がおとずれていた。

騎士と魔術師はだまって酒を呑《の》む。

山の端《は》にかくれた太陽のかわりに月がゆるやかにすがたを見せはじめた。やがて、騎士がぽつりという。

「きさまのような奴には、この世は生きにくかろう」

アシャ・ネビィは酔っているとも思えない口調でつづけた。

「そう、たとえていうならば……ウナギを無理に牧場で飼うようなものだ」

「…………なんなんですか、そのたとえは？」

うむ、なぜであろうな、と、つられるようにまじめに考えこみ、ポンと両手を打つ。

「おう、そうか。つかみどころがないところが似ているのだ！」半眼《はんがん》で見すえられて「いや、その親戚《しんせき》がな。ロルワーヌ地方に住んでおってだな……」しどろもどろにいいわけする。

「ああ、たしか、あのあたりはウナギの産地だそうですね」

ヤケのようにもう一口あおってエイザード。

「う、うむ、産地なのだ」

「で、似てますか。ウナギに。わたしが」

「なにを、ウナギのどこがいかん!?　知っておるか、ウナギというのはだなっ」

「なんです」

「変態するのだっ!!」

――沈黙。

「……………ほお」

力説したこのこぶしをどこにおろせばいいのだろうとアシャ・ネビィは思った。

さきほどまでのいきおいはすでに冷め、あやうく死ぬところだったかもしれないという実感がいまになってわきあがってくる。エイザードが途中で正気《しょうき》にかえらなければ、確実に命はなかっただろう。

この男に本音を吐かせたくてしかけた、あやういバクチだった。

「しゅ、出世魚《しゅっせうお》だと思えばめでたいではないかっ」

「出世したいんですか、支部長さんは？」

「したい。てんこもりしたいとも」

あたりまえのことを、と言わんばかりに力づよく騎士はうなずいた。

小馬鹿にした、意地のわるそうな笑みをエイザードは浮かべたが、つづく相手のことばにその笑みはかき消えた。

「だが、手柄《てがら》や出世は守る者あってのものだ。きさまは国がなんであるかとたずねたが、私にとって、国とは家だ。内にどれほど問題をかかえていようが見てみぬふりはできん」

「父親がどぐされのバクチ打ちでも？」茶化《ちゃか》してエイザードはたずねた。

「ああ」

「母親が育児放棄《ほうき》のアーパー女でも？」

「たとえば家族が死に絶えてしまってもですか」酒《さか》ビンを草の上に置いて、エイザードは立ちあがった。「それとも、たとえば血のつながりのない親子どうしでも？　それでもあなたは、そこを自分の家だと思い、守ろうと思うことができますか」

すわったまま、騎士は魔術師のあごの線を見上げた。

(もしかすると、いまこの男は自分自身のことを話しているのではないか——)

ふとそんな考えが頭をよぎった。エイザードが過去をすすんで他人にうちあけることはない。うしなってしまった故郷と家を悼《いた》み、過去を悔《く》いているのだろうか。

へたななぐさめを口にできるほど騎士は器用ではなかった。

かわりに目元をなごませ、

「——あの弟子たちはどうだ、きさまにとって家族ではないのか」

おだやかに告げた。

「ああ、そうだ」

それがこたえのすべてであった。

2　船出

にぎやかな船着場はひとびとでごったがえしていた。

良風、空は快晴。

絶好の旅びよりである。

「ほいじゃあ、みんなーっ。いってきまぁ――――すっ♡」

あとずさりながらマリアが元気よく手をふって、栈橋《さんばし》からずっこけそうになった。

「はにゃ～～～～～～っ」

「なにが、はにゃ～っ、なの、この小娘はっ！」ダナティアが喝《かつ》をいれる。「しゃんとしなさいっ。よくもまあそれでダンナをさがしに行こうなんて大それたことがいえることね！」

「ま、まあまあ、殿下。せっかくの門出《かどで》なんだから――気持ちよく送りだしてあげようよ」

カチカチと、火打ち石など切りながらファリス。

どこでおぼえてきたのであろうか。

ときどき大まじめにファリスは内地の習慣をかんちがいしている。

「うむ」と重々しくうなずいたのはサラだ。

「あとのことはわれわれにまかせて、きみは存分にダーリンの探索《たんさく》にはげんでくれたまえ」

「うんっ。ありがとおー、みんなっ！」

ここローカイドの港から、まもなく南洋行きの船は出航する。

トランクひとつさげたマリアは悩みなどなさそうな顔で、

「おみやげ買ってくるね～～～～～～～っ」

ボートで主船にはこばれるあいだもずっと、コガネムシのようにぶんぶんとなかまたちに手をふりつづけていた。そのすがたが見えなくなってのち、

「——あの小娘。人が心配していれば、のうのうとバカ面《づら》さげてもどってきて、愛をさがしに行くのぉ、ですってっ。あたくし、ついに脳が沸いたかと思ってよ」

あきれたようにダナティア。

「殿下、モノマネがうまいな」サラが無表情にコメントする。

「みつかるといいね、旦那《だんな》さま——。私たちにできることがあればよかったんだけど」

〝楽園〟のむすめたちは陽ざしにかがやく海を見やる。

「………」

「………」

「………」

しばし、三人それぞれの感慨《かんがい》にふけっていたが、

「ねえ……?」

おそるおそる、といったようについにファリスが口を切った。

「マリア、ほんとにわかってるのかなぁ?　なんかここらへん、とか——不安なことといってたみたいだけど……」

「安心なさい、ファリス。たとえあの小娘が旦那の捜索に失敗して海のモクズとなろうが、こ

のあたくしの透視《とうし》能力があれば、骨くらいかんたんにひろえてよ！　ほほほほ！」

「でも、その殿下の能力でも旦那《だんな》さんの行方《ゆくえ》はわからなかった……？」

「見も知らぬ他人を、どうやって探せというのっ」

「殿下、語るにおちてる」冷静に指摘するサラ。

「うっ」

一瞬ことばにつまったダナティアであったが、すぐにひらきなおった。

「ええ、そうよ！　どれだけ探っても、すぐにやっかいな波動に邪魔《じゃま》されて痕跡《こんせき》を追うことはできなかったわ！　あたくしの腕のせいではなくってよ……！」

「やっかいな——波動？」

「あなたがたも知っているはずのものよ」

すっと真剣な眼つきになり、ダナティアは白い指で豪奢《ごうしゃ》な金髪《きんぱつ》をかきあげた。

「聖域の封印」

3　夢みる冒険者

港から徒歩七分。

自由都市ローカイドの高級住宅街、通称〈幽霊屋敷《ゆうれいやしき》〉に彼女たちは住んでいる。

金髪、赤毛、黒髪とバラエティゆたかな娘たちが、ヨンヴィル国の虹の谷からやってきた魔法使いであることを、いまでは地元のみなさまはご存じだ。

「よう、はやかったな！　マリアの嬢《じょう》ちゃんはぶじに出発したかね？」

帰宅するなり、居間から陽気なカーズの声が呼びかける。

「………」

ファリスは、一度はあけた居間の扉を、思わず、といったようにパタンとしめた。

奇妙な顔つきをしている。

「ちょっと、どうしたの？　なぜしめるの」

「いまのはカーズの声だろう、ファリス」

「いや、なんかちょっと――いま、幻覚を見たみたいな……」

「はあ？」

「幻覚がカーズと昼間から宴会してる……」

「なにをわけのわからないことを。おどきなさい、ファリス。たかが居候《いそうろう》の屋根裏プーごとき、自分たちの家なのになにを遠慮《えんりょ》することがあって！」

自分とは頭ひとつ分ほども高さのちがう長身のファリスをずいっと扉の前からおしのけ、ダナティアは両手でそれを押しひらく。

バン！

とたん、ダナティアもまた沈黙した。

「──どなた？」

「邪魔《じゃま》しておるぞよ、名もなき愚民《ぐみん》どもよ」

こたえたのは見知らぬカボチャであった。

否《いな》、カボチャと見まごうパンツをはいた肉塊《にくかい》であった。

リボンつきのぴかぴかの黒いエナメル靴《ぐつ》。

はずかしいぴちぴちの白タイツ。

タテに切れこみの入ったカボチャブルマー、これまたふんだんに切れこみの入ったちょうちん袖《そで》の上着、これでもかと宝石をちりばめた首飾り。ぱりぱりにノリのきいたヒダエリ。

その上にのっかっているのは、ぽっちゃりした肉まんのごときほっぺた。首らしきものは見当たらない。

ちなみにマントは真っ赤っかだった。

（王子……？）

（王子……？）

（王子さま……？）

その服装はどう見てもまさしく「王子」であった。

ただし、すくなくとも三百年は時代からとりのこされている。歳《とし》はまだ十四、五歳か。

「苦しゅうない、ちこう寄れ。ゆるす」

三人の魔女たちの沈黙をどうけとったものか、杯《さかずき》を片手であげて少年王子はのたまった。

ぴしり、とダナティアの顔がこわばった。

「あっ。あの、殿――いや、ダナティ……」

「まあ、これはこれは！　どなたかと思えば、ゼクソル国の第二王子ではございませんか」

ファリスの必死の制止もむなしく、ダナティアは腰に両手をあてていいはなった。

「たしかお名前はマルス王子。そうでしたわね？」

「はて？」

分厚《ぶあつ》いメガネを低い鼻の上におしあげ、

「んっ。おお、よくよく見ればヒナにはまれな美女であることよ――！　いざ、わが熱きベーゼをうけとりたまえ、うつくしき乙女《おとめ》よ」

ぶちゅーっ、とヒルのようなぶよぶよの唇で手の甲に接吻《せっぷん》する。

ダナティアは総毛立《そうけだ》った。

「こ、このッ、無礼者――ッ！　このあたくしをだれだと」

「で、殿下っ！」

「うん？　殿下とはいったいだれのことだ。余《よ》は殿下などではないぞよ」

ダナティアにむけてのファリスのせりふを呑気《のんき》にカンちがいして王子サマ。

「余《よ》は一介《いっかい》の冒険者である。この世界にひそむ悪《あ》しき怪物をうちたおし、とらわれの乙女《おとめ》を救いださんとする者なり！　ついては余のパーティに魔法使い一名の空《あ》きがあるゆえ、物色《ぶっしょく》に参った」

「よっ、にくいねこの勇者どのっ！」

ガハハハと大きく手を打って酔っぱらいオヤジ、カーズがあおりたてる。

すっかりできあがっている。

「なにをトチくるったことをっ。ここにも頭の沸いている人間がいたわ。おそろしい」

ダナティアはうめいた。

王子サマ、これでも「おしのび」を気取っている（つもり）らしい。

かろうじてそれらしい金髪碧眼《きんぱつへきがん》。

だが、髪が金髪だからといってハンサムとはかぎらず、眼が青くても肉まんはしょせん肉まんであった。

(みにくいっ、みにくいわっ)

「ここに来ればちょうどよい魔術師を調達できると聞いてな。さて、その魔術師はどこにいる？　けちけちせずに早《はよ》う出せ」

おとといおいで、とダナティアがタンカを切ろうとした寸前、

「しばしおまちを――！」

血相《けっそう》をかえて横あいからとびだしてきた人物がある。

傍若無人《ぼうじゃくぶじん》な肉まんと、強烈な存在感のある居候《いそうろう》のかげにまぎれてこれまで気がつかなかったが、どうやらマルス王子の従者《じゅうしゃ》であるらしい。

二十歳《はたち》前後のいかにも誠実そうな青年である。

「どうぞおしずまりくださいっ。ご無礼は主人になりかわり平にお詫《わ》びもうしあげます――！ど、どうかわたくしの話をお聞きくださいませ……！」

＊

「で、あなたは？」

とサラがたずねた。

「はい、アリオス・イーディアス。ゼクソルの騎士です」

泣きそうな顔で彼は名乗った。

隣室にうつってのち、王子の従者はガバといきなり娘たちの前にひざをついた。

「おゆるしくださいっ、あのとおりウチの殿下は世間知らずの方――悪気《わるぎ》はないのです」

「悪気はあるでしょう。自覚がないだけで」

「で、殿下、それはいくらなんでも」

「おそれながら……て、帝国の姫君とお見受けもうします」

ダナティアがピンと柳眉《りゅうび》をはねあげた。

「まあ、ゼクソルにもすこしは正気《しょうき》の人間もいたのね。ええ、あたくしがウォリスタのダナティア・アリール・アンクルージュ。リンガ帝国皇帝の孫です」

堂々とした金髪《きんぱつ》美女の名乗りに、卒倒《そっとう》せんばかりにアリオスは青ざめた。

がたがたとふるえながら、

「お、お噂《うわさ》はお聞きおよんでおります、皇女《こうじょ》殿下――。見識を広めるため、女性の身でありながら帝国をお出になられ、あえて僻地《へきち》の魔術師に弟子入りなされたと……。よもやまさか、ほんとうにこんなところにいらしたとは」

「知っているならけっこう」

長びきそうな気配の口上《こうじょう》を、片手のひとふりでダナティアはさえぎった。

「騎士アリオス、あなたの主人がおろかなのはもうじゅうぶんにわかったわ。よりにもよって、なぜここに来たのです。もっと近くに魔術師くらい住んでいるはずでしょう。いくら魔術師がすくないからといって、わざわざ」

「じつは魔術師組合に紹介されて参ったのです」

「なんですって、組合に？」

「はい」

彼は黒髪の頭をあげた。

「もっとも適任である——と」

「あの死にぞこないども。いやがらせのつもりかしら？」

「ええと、そのう、アリオスさん？　マルス王子殿下はどうやら冒険にでたいとおっしゃっておられるようですけど、いったいどうやってその目的を果たすおつもりなんでしょうか？　つまり……その」

ファリスの問いに、ためいきまじりに従者《じゅうしゃ》はこたえる。

「ええ、わかります。もう竜退治なんて不可能なんですよね」

「竜退治！」

異口同音《いくどうおん》に魔女たち。

そこまでとは思ってみなかったのだ。

「あきれたわ。ドラゴンの一匹や二匹たおしたところで、いまの世の中で国債《こくさい》の価値があがるわけでもないのに」

「まるで、もしそれが可能ならドラゴンの十匹や二十匹くらい殺戮《さつりく》してもぜんぜんかまわなそうな口ぶりだ。殿下」

「無理は承知で、伏しておねがいもうしあげます……！　どうか、どなたか王子のお供をつとめていただけないでしょうか⁉」

「えっ。でも」

「フリだけでいいのです！　おそらく旅にでて二週間もすれば王子もあきらめると思います」

「その、二週間の根拠は？」サラがたずねる。

「これまでの経験から……。ダイエットも背をのばすのびのび体操も、ぶらさがり健康法も、きっちり二週間以内で挫折《ざせつ》なさいましたから」

「それはわかりやすい」

「王子は、ドラゴン退治の練習台にとおっしゃって、国じゅうのトカゲをパチンコでお打ちになるのです……。わたくしはもうこれ以上見ておられません。たとえ下等な動物といえど、罪もない生き物を……ああ！」

「トカゲ、お好きですか？」

「ええ、ええ」なやめる従者《じゅうしゃ》は、コクコクと何度もうなずく。

「おねがいです！　このままでは国に帰ってもまた犠牲者《ぎせいしゃ》が出るでしょう。どうか、重ねておねがいもうしあげます！　このとおりです！」

「………」

ついに土下座《どげざ》した騎士に、三人は眼を見合わせた。

苦労性《しょう》のファリスには、この青年の苦労がなんだかひとごとには思えなかった。

（ど、どうしよう？　ことわるのは気の毒だけど――）

だが、いくらなんでもこんな時代錯誤《さくご》で酔狂《すいきょう》な冒険につきあうのはだれだって遠慮《えんりょ》したい。しかもあんなワガママ肉まん王子と。

「ああ、そういえば。私はつぎの仕事の予定が入っているのだった。そろそろ出立《しゅったつ》せねば。うむ、残念だがそういうことで」サラが、あっさりと逃げを打った。

「えっ、サラ⁉」

「あたくしもこの件は遠慮するわ。万が一、国際紛争《ふんそう》になったら大変ですものねえ」すかさずダナティアが便乗《びんじょう》した。「あとはまかせたわ、ファリス。おことわりするのもあなたの自由よ」

「ええっ⁉　そんな、殿下っ」

そしてふたりそろってファリスの肩に手を置いた。

「期待している」

「期待しているわ」

「えええっ⁉」

「従者どの」

と、あいかわらず無表情のまま黒髪の魔女がアリオスにむかっていった。

「こちらのファリス・トリエをお供に推薦《すいせん》いたします。回復の魔法も多少は使いますし、剣の腕前は保証つき。癒し手《ヒーラー》、魔法使い、剣士としてひとり三役。たいへんお買い得かと」

4 精霊のお告げ

さて、ふたたび舞台はもどって——。

マリアをのせた貨物旅船がローカイドの港をでてからまもなくのことである。

「——ん？」

洋上、一艘《そう》の小舟から、マリアをのせた貨客船《かきゃくせん》に気づいた人物があった。ひとり乗りのカヌーから片手をかざして「あれか」つぶやくと、食事を中断した。

口にくわえていた生魚《なまざかな》を海にほうりだし、力づよくオールを手にとった。


「お、おい！　なんか近づいてくるぞ⁉」

最初にそのカヌーに気づいたのは見張りの船員だった。

「なんだありゃあ。っちゅーか、まさかこの船に追いつくつもりなのか？」

「こらそこの小舟！　あぶないぞ、それ以上ちかづくな——！」

船員たちの警告がとどいているのかどうか、白波《しらなみ》をけたててカヌーはななめうしろから追いすがってきた。のっているのは少年のようだ。帆《ほ》もない。たった一本のオールで、信じがたいスピードをだしている。

「人間ワザじゃねえぞ、ありゃあ」

　湾をでた貨客船はいっぱいに帆を張っているのだ。追い風をうけ、鈍重《どんじゅう》そうにみえてもすでにかなりの速度がでている。それに追いつこうとは――。

「まあ、なにごと？」

　最上甲板《かんぱん》にいた乗客たちも気づき、ざわざわとさわぎはじめた。

「何者か!?　それ以上ちかづくと――」

「まて、なにかいっている」

「なんだと？　なまりがひどいな、なにをいっている？」

「止まれ、と」

「なにい……？　こら、そこの小僧っ。ふざけるな、止まれといわれてホイホイ止まれるものかぁっ!?」

　護衛の海兵隊員が叫び返した。

　と、つぎに信じがたいことがおこった。

　あっというまにカヌーがブリッグに追いつき、それを追い越したのだ。ザアッと波がはじけた。ブリッグの鼻の先で水面を二、三度ジャンプするようにはねたカヌーは方向を変え、進行方向に立ちふさがった。

「げえっ!?」

緊急停止を呼びかけるあわただしい号令をよそに、

「ふん！」

カヌーにのった人影は腕をふりあげ、船めがけて銛《もり》をなげつけてきた。

竜骨《りゅうこつ》にドスリとつきささった銛からのびる縄《なわ》をたよりに、あっというまに貨客船《かきゃくせん》へととびうつる。

船首にかけよった武装の男たちを一撃でなぎたおし、太陽を背に、闖入者《ちんにゅうしゃ》はすっくと船首像の上に立った。

「うわーっ、なんだおまえ——っ⁉」

「どいちょき。争いにきたわけじゃないきに」

とびおりた瞬間、頭からすっぽりとかぶったボロ布のすそがふわりと浮き、褐色《かっしょく》に日焼けした素足がのぞいた。

ダン、と両足を甲板《かんぱん》につけ、

「オレは、人をさがしにきた」

張りのある声はわかい娘のものだった。

甲に刺青《いれずみ》をした手で、ボロ布をはねのける。バサリとゆたかな金髪《きんぱつ》がこぼれた。

「お、女……⁉」

愕然《がくぜん》とする兵士と船員たちを無視し、

「……………」

野性的——というより野生そのものの女戦士は視線をめぐらせた。その濃い褐色の瞳が一点でピタリととまった。

ずかずかと大股《おおまた》にちかづいてくる野蛮人《やばんじん》にびびって、人垣《ひとがき》が割れ、ひとびとがササササと道をあける。

まよいもなく、ひとりの小柄《こがら》な少女の前で足をとめると、

「魔女どの」

どこか敬虔《けいけん》なしぐさで女戦士は風変わりな礼をした。

「あなたとあなたの先祖の霊に幸いあれ。精霊のみちびきに感謝を。オレはドマの村のレサ、魔女どのをさがし、ここまで来た。渡すものがある」

「ほ、ほええっ？　マリアに？」

うなずき、腰の物入れからレサはなにかをとりだして、こぶしのままマリアにつきだした。

「あっ⁉」

ひらいたてのひらの上に指輪があった。

白い鳩《はと》の紋章《もんしょう》が陽をうけてキラリと光った。

まぎれもなく、それはブライマ男爵《だんしゃく》ジェイルの指輪。行方《ゆくえ》不明となった彼女の夫の指輪にちがいなかった。

第三章　さがしものはなんですか?

1　レサ

「んーっとね。ジェイルさまは、ここの港から船出《ふなで》してー、このへんの海で行方《ゆくえ》不明になったのー」

「惑《まど》わしの海、か」

マリアが指さす地図の先を見て、レサがつぶやいた。

「ほええっ？　ちがうよう、バラルトン海だよう」

「それは陸《オカ》モンのことばじゃろう。オレらは〈惑わしの海〉と呼んじょる」

南から来た女戦士はゆれる船の床のうえにどっかりとあぐらをかき、親指をかるく唇にあてて考えこむ。

サメの歯の耳飾りに、しなやかな筋肉のついた上腕《じょうわん》には銅の腕輪をはめている。

このみごとな筋肉でもって、彼女は単身カヌーで大洋を横断しきったのだという。

男にすらできることではない。

「この」と、地図に指で輪をえがき、「一帯の海域のことじゃ。むかしから、ここいらは船乗りどもにおそれられてきた」

「なんで～？」

「化けモンの巣窟《そうくつ》じゃきに」

「あはは、なぁんだそっかー、バケモノの――ええっ！」

三秒おくれてマリアが大仰《おおぎょう》にのけぞった。

「はいりこんだが最後、二度ともどる船はおらん」

「ど、どうしてそんな場所にジェイルさまは……」

「危険なのは一部だけじゃ。ちかづかぬかぎり、問題はない。じゃが、婿《むこ》どのとてそれを知らずにおったわけでもあるまい。なぜ」

「あ、そういえば～」

ようやく思い出してマリアがいった。

「あのとき、嵐がおそってきたんだって～。まきこまれた船がほかにもいたの。助かったほかの船のひとたちから聞いたのー」

「船団をくんでおったのか」

「うん」

そして、ジェイルをのせた船だけがもどらなかった。

「陸《オカ》のモンは考えがあまい。自然の力をなめくさりおって」

「なるほど、それだけ警戒してはおったのじゃろ」レサがうなずいた。

「いや。なにも魔女どのを責めているわけじゃないきに。オババがオレをよこしたのは魔女どのの手助けをせよということじゃ。オレにできることがあればいってくれ。戦士の誇りに誓《ちか》って、オレは魔女どのの力になろう」

自分がおこられたようにシュンとうなだれるマリアを見て、ややあわてたようにレサは、

ぶっきらぼうな口調に誠意をこめて熱心にいった。

「うん、ありがとぉ〜。んでもどうして？　どうして、見ず知らずのマリアにそんなに親切にしてくれるのぉ？」

「オババがいったからだ」

「だから？」

「そうじゃ。ほかになんの理由がいる？」

まよいもなく言い切る。

「ほえぇ。んじゃ、もしマリアが、もっとうんと遠くにいたら、レサちゃんはどうしてたのぉ？　見つけられないかもしんないし――」

「できる。山じゃろうが川じゃろうが関係ない。ぜったいにオレはたどりつく。げんに、魔女どのがオレにはわかった」

「ほえええーっ！」すっかり感心してマリアは胸のまえで両手をにぎりあわせた。「なんだかしんないけど、レサちゃんってすごいんだねえええっ」

「オレはただの戦士だ、魔女どのにはおよばん」

本気でいっているらしい。その証拠に、なんどマリアが「魔女どの、なんて呼ばなくていいよう〰〰。ただのマリアで」といってもガンとしてレサは「魔女どの」と呼びつづける。

「魔女ってもぉ、そんなにエライわけじゃあないしぃ」

「なにをいう、魔女といえば呪術者《じゅじゅつしゃ》――オババとおなじじゃ。精霊の声をきき、真理を知る者じゃ。オレたち島の者はみな、真理を知る者をうやまう」

（あれ〰〰っ？）

マリアは首をかしげた。

（なんか、どっかで聞いたような話ー）

だが、マリアの記憶の器《うつわ》はきわめてミニマムだったので、考えると同時に（ま、いっかぁ♡）すぐにわすれてしまった。

ひかえめなノックの音がして、扉がすこしひらいたかと思うと、きょろきょろとうごく眼だけがそのすきまからのぞいた。

「なんじゃ、なにか用か！」

「ひっ。あのあの、お夕食をおもちしましたあーっ」

盆をほうりだすようないきおいで船室づきのボーイはとびあがり、一目散《いちもくさん》にぴゅーっと逃げていく。泣いていたように見える。

足元に置かれた食事の盆をとりあげ、ふんとレサが鼻を鳴らした。

「陸《オカ》モンの男は腰ぬけばかりじゃ」

「ねえ、レサちゃん……？　なんで、男のひとたちみんな、レサちゃんのことそんなにこわがるんだろうねえっ？　こんなに美人さんなのにーっ」

はじめてレサはニヤッと笑った。

十六の少女とも思えぬ不敵な笑みだった。

「さて、陸モンの考えはオレには見当もつかんぜ。魔女どの」

2　フォロロシー天文台

「いや、助かったエラン。どうもありがとう」

サラ・バーリンは重々しく友人に礼をいった。

「どういたしまして！　お安いご用さ」

エランは白衣のポケットに両手をつっこんで肩をすくめてみせた。

天文学者たる彼がなぜ白衣を着ているかといえば、それは単なる趣味だという。「学院おしきせの研究着より、かるくて洗濯《せんたく》がラク」という、それだけの理由らしい。

「けどよ、サラ。そんなもんどうするんだ？　天体記録なんか、魔術師組合にもあるんじゃないか？」

「ある。だが、幹部に痛い腹をさぐられたくはない」

「ははは、問題児だもんな、おたくら！」ゆかいそうに彼は笑う。

「それに学院の施設の記録のほうがより具体的だ。信用できる」

「虹《にじ》の谷《たに》の〝楽園〟にのこってた書物は？」

「紛失《ふんしつ》した」

「ああ……」気まずい話題をふってしまったことに気づいて、エランはあごをかいた。「そうか。わるい。もう、あそこは」

「そう、隕石《いんせき》落下で壊滅《かいめつ》した」

サラはむしろ淡々と語る。

「もと師匠《ししょう》がのこっている。われわれは独立したが、まだ勝負は終わったわけではない」

「上層部とケンカすんのもほどほどにしとけよ。おまえが本気になったらオレまじでコワイわ。それはそうと、サラ——あのジジイはだれだよ？」

「ああ。私の依頼人だ」

藍《あい》色の瞳を、エランの親指の先にめぐらせてサラはうなずいた。

うすぎたないやせた老人が髪をふりみだし、巨大望遠鏡にかじりついている。まわりの学生たちや、助手が必死になって止めようとするのもおかまいなしに、

「おおう、宇宙の神秘が見えるっ、ワシには見えるぞねえっ！　知っとるかぁ諸君っ。火星には人類外の生命体が存在しているんぞね！」大絶叫。

すげージジイだな、とエラン。

「ははあ？　もしかして、アレが有名なカデュアリ博士か？」

「大当たりだ。よくわかったな」

「そりゃもう、おまえ。有名じゃないかよ。学問の分野関係なしにどこにでも学会に顔つっこんで、すっとんきょーな自説ぶちまける迷惑ジジイってさ。知ってるか、あそこの〈世界現象《せかいげんしよう》学派《がくは》〉なんて、ジジイと助手のふたりきりだぜ？」

「そうらしいな」

「なんの依頼だ？」

学問の徒《と》として興味をひかれたらしい友人の問いに、

「世界のナゾをときあかしたい、そうだ。死ぬまえに」サラはこたえた。「私がその水先案内《みずさきあんない》人《にん》というわけだ」

「やれやれ。てきとーにあしらっとけよ。マジギレしたらヤバイぜ」

「ご忠告ありがとう。だが、私も博士の学説には興味がある」

マジかよ、とあきれる天文学者に背をむけたサラは、ふと思い出したようにふりかえった。黒いまっすぐな髪がせなかでゆれた。

「そうだ、エラン。まだ礼をいっていなかった」

「へ？　なんだよ」

「〝楽園〟が崩壊《ほうかい》したときに、まっさきに委員長や友人たちにしらせてくれたのはきみだろう。教授たちをせっついて、調査隊を編成させたのも」

「つまんねえの、もうバレてんのか？」

言いながらも彼の眼は笑っていた。

「いや。いやいや、気にすんな。おなじ学舎《まなびや》で学んだ仲じゃないの。ってのはウソ。ホントはオレ自身が調査に行きたかったんだ。べつの研究がおしてててムリだったけどな」

「ともかく礼をいう」

「んじゃ、いわれとこう。なあ、サラ。感謝してるんなら一回デートしてくれよ」

彼は女性とみれば、だれにでもあいさつがわりにそんなことをいうのだ。

それを知っているサラもやはり軽口で応じた。

「あとくされのない遊びならいつでも受けてたとう」

げらげら笑っている友人にわかれを告げ、サラは依頼人のほうへと足をむけた。

「おまたせしました、カデュアリ博士。ではまいりましょうか」

「ぬぬぬぬ、うぬう、こりゃ添乗員《てんじょういん》よ！」

「魔術師です」

「ワシはたいへん満足ぞねっ。さすがは神殿の望遠鏡よのう。さあ、つぎなる目的地はカナの死海《しかい》ぢゃ！」

「できません」

あっさりと、黒髪の魔女は無表情に拒否した。

「な……なに、できんじゃと⁉」

「はい、できません。私はカナの死海に行ったことがない。博士、あなたもそこをおとずれたことがない。よく知っている人間が目的地にいるわけでもない。すなわち——そういった、なんの目印もない場所へは〝跳《と》ぶ〟ことができないのです」

博士は、みるみるうちに真っ赤になった。

じだんだをふみ、うすい髪の毛をかきむしってどなる。

「このサギ師がっ！　なにが万能《ばんのう》の魔法使いじゃあ⁉　ワシにはもう時間がないんじゃあっ。死ぬ前にすべてを見とどけねば気がすまんぞね⁉」

「魔術師は万能ではありません。はじめにご説明もうしあげました。もっとも」

いったんことばを切って、

「知るかぎりで、ひとりだけ……それが可能な魔術師がいますが」

「だれぞね、そりは!?　もうええ、そいつにちぇんじじゃ、ちぇんじっ」

サラはそのこたえを口にした。

「われわれの師匠《ししょう》。エイザード・シアリース」

＊

「イヤです」

キッパリとエイザード・シアリースはこたえた。

魔道生物〈伝言でんでん〉にむかって。

「そのジジイにつたえてください。こっちはいまそれどころじゃないのだと——ええ、両手がふさがってましてね。ごくちゃんの手も借りたいくらいです」

片手にコテを持ち、しゃべりながらも、せっせと漆喰《しっくい》をぬる手をやすめない。

「わたしは安くないですよ、とね。そうです、ええ。よろしくおねがいします。ああ、ところでサラ？　いったいどうしてまた、そんなワガママジジイの依頼なんか受けたんです？　え……？　報酬《ほうしゅう》につられた？」

意外な思いにかられて、虹の谷の魔術師はとぼけた顔をした〈伝言でんでん〉をみつめた。

でんでんと眼が合ってしまった。

エイザードはさりげなく眼をそらした。

「あなたがそんなことをいうとは……。まあ、いいでしょう。わたしは口出ししません。ええ、がんばってください。身体《からだ》に気をつけて」

ぷちゅん、と〈伝言でんでん〉が一声《ひとこえ》なき、通話が切れた。

この最後の「ぷちゅん」だけは、どうにも気持ちがわるい。まさしくうっかりカタツムリをふんづけてしまったときの音と非常に似ているからだ。

ちなみに制作者はマリア。

奥が深い。

「……ふう。ああ、どうもありがとうリーザ」

通話が終わるのをそばにひかえてまっていたリーザレインに〈伝言でんでん〉を手わたし、彼はポキポキと首をならした。脚立《きゃたつ》に腰かけたまま、ぼへーっと空を見上げる。

「ああ、いいお天気ですねえ」

「エイザードどーん!! たたた、たいへんだべえっ!?」

ふいをつかれて、エイザードは脚立からグラリと落ちた。

「ああっ、エイザードどんっ! だいじょうぶだべかあっ!?」

「……なにか、わたしは厄年《やくどし》だったりするんでしょうか……いたたた、ちょっと腰を打ちました」

どんぐりのようにコロコロと丘の下から駆けよってきたのは、騎士アシャ・ネビィの部下たちである。

ヨンヴィル国騎士団、虹の谷支部のみなさまがた。

しかしてその実体はただの地元青年団である。

彼らのいきおいにおどろいて、人見知りのリーザレインがあわてて壁の背後にかくれた。

「腰⁉　腰はだいじにせにゃあいけねえべよ、エイザードどんっ」

「んだんだ、エイザードどんひとりのカラダじゃねえんだべ」

「誤解をまねくような言い方はやめてください」

「だって、お弟子さんたちがいねえんだもの……。谷のみんなも、お弟子さんたちも、エイザードどんになにかあったら心配するべえっ？」

純朴《じゅんぼく》ないたわりのことばに、不覚にもエイザードは感動してしまった。

「あっ、いけない、なみだが――。わたしもトシでしょうかね、ちょっとしたことでなみだもろくなってしまって……。それで、なにが大変なんです？　どなたか急病ですか？　すぐに支《し》度《たく》して――」

「うんにゃ、ちがうんだべ！」

両手をバタバタさせながら、

「病人じゃねえべっ。この土地を、王さまが手ばなすらしいって――！」

彼らはいっせいにしゃべった。

「ええ？」

一瞬、なんのことをいわれたのか理解できずにエイザードは聞き返した。

「だから、そういうウワサがあるんだべえっ！」

「支部長どんは、ひ、ひきつぎがあるからとかって……都に行ってるべえ！　オラたちどうすればいいだか、エイザードどんっ⁉」

3　プリンセス・ダナティアの決意

「それは、まだ決定ではないのね？」

手紙から顔をあげ、たしかめるようにダナティアはたずねた。

テーブルのむかいに行儀《ぎょうぎ》よくついた〝手〟は、はい、という返事のかわりに指を折りまげた。

『まだ、ヨンヴィル国王から組合への正式な申し入れはなされていないようなのです』

手元の紙にいささか風変わりな字体で書きつけ、リーザレインがこたえる。

「とうぜん、そうなればあたくしたちにも無関係な話ではなくなるわ。バカ師匠《ししょう》は？」

『アシャ・ネビィさまが都からおもどりになるまでは、あわてずに、とにかくおちついてまつように、と——谷のみなさんを説得なさっていました』

「あのバカ師匠にしては上出来だわ」

辛口《からくち》に評して、

「よくしらせてくださったわね。こんなこと、あのごくつぶしにでもやらせればいいのに……。おつかれでしょう、リーザレイン。なにか飲み物でも——」

いいかけ、ダナティアは口をとざし「失礼」とあやまった。

『お気遣《きづか》いなく……。私はこんな女ですから』

もじもじとはじらうようにリーザレイン。

こんな女、とは、すなわち「ひじから先しかない」女という意味であろう。

『あの、このこと、ほかのお弟子さんたちには？』

「知らせないわ、もちろん。仕事中ですもの」

はっきりとダナティアはこたえた。

「とくにマリアにはね！　あの小娘にふたつのことをいっぺんに考えろといっても無理よ。パニックにおちいって、どちらもダメにするにきまってる」

『あなたは、おやさしい方ですね。皇女《こうじょ》殿下』

「よしてちょうだい」

居心地《いごこち》わるそうにダナティアは席を立った。

正面きってほめられるとおちつかない。しかもこの彼女、リーザレインにはなんの悪意もないことがわかっているだけによけいに。師匠《ししょう》からの手紙をたたんで、テーブルのすみに置いた。

『おねがいがあります』

「なにかしら？」

すこしおどろいた。さして長いつきあいではないが、人にたのみごとをするのを見たことはない。

『あの方を、エイザードを――どうか見捨てないでください』

「…………」

どう考えたものかしら？　ダナティアは時間をかせぐように腕をくんだ。

なさけない師匠の立場を笑うべきか、それはお門《かど》ちがいだとはっきりとリーザレインに告げるべきか。そのうち、皮肉でもない本物の笑いがしだいにこみあげてきて、ダナティアはこらえきれずについにふきだした。腹をかかえて笑う。

「見捨てるつもりなら、とっくに見捨てていてよ。おわかりかしら、あなた？」

びっくりしたように動きを止めたリーザレインの白い手をとって、ダナティアはその指にある飾り気《け》のない指輪をそっとなぞった。

リーザレインは文字通り「赤く」なった。

ぱっと上気《じょうき》したようにあわいピンク色に染まった彼女の手を、かわいらしいと素直にダナティアは思った。

「あたくしは、男に生まれたかった。女であることを憎んだわ」

『いまでも……?』

「いいえ」

『あなたは、殿方《とのがた》をお好きになったことはないのですか』

「ないわ。ふつうの男女のようなロマンチックな意味ではね。ふしぎそうね。あたくしのほうがふしぎだわ、どうしてだれもかれも、あたくしを型におしこめようとするのかしら?」

『あなたは、そんなにお美しくていらっしゃるのに――』

「大きな声ではいえないけれど」

ダナティアはわざとらしいためいきをついた。

「もっとこどもの時分に、おろかなことはさんざんやったわ。十三であやうく結婚させられそうになったときよ。ヤケになって寿命《じゅみょう》をちぢめるようなまねばかりわざとやったの。結局、ほかに理由があってその縁談はながれたけれど、あたくしはあのときのくやしさをわすれない。自分のおろかしさも」

リーザレインがひるんだ。

ほほえんでダナティアは言いたした。

「もっとも、最近になってからね。政略結婚に男も女も関係ない、どちらもおなじくらいにイヤかもしれないと思うようになったのは」

いたずらっぽい笑みを浮かべ、帝国のプリンセスはてのひらでかるく一度たたいてからリーザレインの手をはなした。

「だから、おたがいさま。男も女もない。ひとつだけいっておくわ、リーザレイン。誤解がないようにね。あたくしは、恩義ある師匠《ししょう》を見捨てるようなまねだけはしないわ。ぜったいに。安心した？」

『それだけでじゅうぶんです』

「そう、よかったこと。ところで、リーザレイン、あなたの書く字はエイザードによく似ているわね」

すまし顔でうなずき、ふいにダナティアは部屋の反対がわに声をはなった。

「でていらしたら？　せっかくかわいらしいお客さまがいらしておいでなのよ。そんなところにコソコソかくれていないで——カーズ？」

無精髭《ぶしょうひげ》の、見ばえのしない初老の男がのっそりと扉の陰からすがたをあらわしたとたん、リーザレインが青ざめ、ひれふすようにテーブルの下にもぐりこんだ。

「や、おどろかしてすまんな、お嬢《じょう》さん」

苦笑しながら屋根裏オヤジはバリバリと頭をかいた。

「なにもそんなにこわがらんでもいい。とって喰いやしないよ……って、おやおや。もう帰ってしもうたか！　つれないのう……みんなで年寄りを邪険《じゃけん》にしよる」

「あなたがいっても説得力がなくってよ」

「キツイのう、マダムは！」

「あらそう？　では、せっかくふたりきりになれたことですし、有意義にすごすといたしましょうか？」

「おい？　どうしたんじゃ、お嬢……」

あとずさったカーズにかまわず、ずんずんと近づいたダナティアの片腕がすっとあがり、無精髭の浮かぶあごの線をなでた。

「眼がすわっとるぞ、お嬢」

「ええ。さあ、白状していただきましょうか、カーズ。いいえ、それとも――黒の長老とお呼びしたほうがよろしいかしら？」

なやましくしなだれかかりながら、裏腹にその碧《あお》の瞳は相手を殺しかねない決意に満ち、ぎらぎらと光っていた。

「あなたは、あなたがたはいったい何者ですの？」

4　ながされて

天の戦斧《せんぷ》のごとき雷がメインマストを裂《さ》いたところまではおぼえている。

閃光《せんこう》に影絵のように浮かび上がった人間たちは、その瞬間に、荒れくるう海にゴミのようにほうりだされた。

「う……」

うめいた声が自分のものとも思えず、彼はぎくりとした。

潮に嗄《か》れ、ひびわれている。

眼がひりひりする。太陽の光がまぶしかった。むしょうに喉《のど》がかわいてしかたがない。

「ここは——」

白い砂浜に打ち上げられていた。

砂をこぶしのなかににぎりこむようにしながら、よろよろと立ち上がった。

足のすぐそばを赤いカニがサカサカととおりすぎた。

ザザーン……と波の音がよせては返す。

「ここは、どこだ？」

島だ。

「みんなは……どこに？」

だれもいない。自分のほかには、だれも。

みんな――と考えて、すぐにその先を思い出せなくなった。いっしょに船に乗っていたのは、どういう素性《すじょう》の者たちだったのか？

漂流物《ひょうりゅうぶつ》らしき板切れや木《こ》っ端《ぱ》が、白い海岸に打ち上げられていた。

なんということだ。

十歩もあるかないうちにひざがガクリとくずれた。こめかみがズキズキと痛んだ。水。水がほしい。なんとしてでも真水をみつけなければ、このまま自分は死んでしまうだろう。

目の前がくらくなり、ふたたび意識がとおのいた。

光の虫がまぶたの裏にとびかった。

(だれか――)

わたしをたすけてくれ。

彼のねがいが天に通じたのか――はたして、あまい香りのする水が彼の目の前にさしだされた。

「……！」

大きな二枚貝のカラに満たされた水だ。はねおき、無我夢中で飲んだ。

これほどうまいものを飲んだことはない、と思った。清水《しみず》はまさしく甘露《かんろ》の味がした。

「だれだかしらないが、ありがとう。たすかっ――」

礼のことばがとちゅうでとぎれた。

うっ、と驚愕《きょうがく》のうめきをもらす。彼を救ったものは、人間ではなかった。

これは……なんだ？　どういう生き物なんだ……？

つやつやとした木の実のようなつぶらな瞳が、彼をじっとみつめていた。数十匹もの生き物が、いつのまにか彼の周囲をとりかこんでいたのだ。

夢心地《ゆめごこち》で、彼は島の丘のほうに視線をおよがせた。

「家に帰りたい――」

ぽつん、とつぶやき、ふとわれに返った。

家って？　わたしの故郷はいったいどこだ？

あらたな事実に愕然《がくぜん》とした。

「わたしは、わたしは……いったいだれなんだ？」

5　男たちの挽歌《ばんか》

ほまれ高き四十四代目の海賊《かいぞく》、アホウドリ号の船長〈鉤爪《かぎづめ》バリー〉はなやんでいた。

「やめるべきか、つづけるべきか？　それが問題だ」

「おかしらぁ。問題なんちゅう問題じゃねえっス」

「すでにあしたっからのビスケットも、ひとかけらもねえっス」

「そうっス。やぶれた帆《ほ》にあてる布ももうないっス」

「ラム酒どころかエールだって半年前からとっくにカラっス」

「おかしら！　ご決断を！」

「おかしらぁっ！」

「うううるせえええええ――っ！」

雷鳴のような声で吠《ほ》え、男は立ちあがった。

「んなこたぁ、わかってらいっ。ちったあしずかにしねえか野郎ども！　漁場《ぎょば》のカモメじゃあるめえし、ぎゃーぎゃーさわぎやがって、ロクに考えごともできやしねえっ！」

「………………」

しん、としずまりかえったなかで、フンと鼻息もあらくバリーは木箱の椅子《いす》にドスンと腰をおろした。

熊のごとき大男である。

ごわごわの黒髪、もじゃもじゃの黒いヒゲは胸まである。ひたいに白く走るおそろしげな天《てん》下御免《かごめん》のむこう傷。そして定番のアイパッチ。

これぞ海賊《かいぞく》、これぞ悪の首領《しゅりょう》であった。

「——やっぱ、ここはいっちょう運だめししてみっか」

太い腕の袖口《そでぐち》をまくりあげ、真剣な表情で、彼は目の前にともるロウソクをじいっとみつめた。

暗い洞窟《どうくつ》のなかで、
ぴちょーん……

と、水がしたたった。ものがなしい音であった。

「お、おかしらぁ、それはやめといたほうが——」

「うるせえっ。男が一度やるといったらやるんだよ！　見てな」

より目になって炎をみつめていたバリーは、やおら、

「きてえええええいっ！」

奇声を発してロウソクの炎をよこなぎになでた。

——ちょん。

「お、おおっ！　見たか、野郎ども!?　オレはやったぜ、ついにやったぜえっ。炎くぐりの試練をっ、おのれ自身の恐怖を克服したぜ!!」

「あの、おかしらぁ。オイラ見てましたけんど」

手下その一が手をあげた。

「おうっ、なんでいっ」

「それ、義手《ぎしゅ》のほうでねえっスか？　ズルっこしちゃいけねえっス。カミさまはいつでも見てるっス」

ハッ、と海賊の頭領《とうりょう》は自分の左手を見た。

左手は、これまたお約束なことに、鋼鉄の鉤爪《かぎづめ》であった。

「ちょっとまちがえちまっただけでいっ！　こんどこそ生身《なまみ》のこの右腕で」

ぶるぶるふるえる右手の指をつきだし、はーっ、はーっとあらい息をつきながらロウソクの炎にちかづける。

チャームポイントの指の毛までもがふるえた。

下からロウソクの炎にボウッと照らされた首領の顔は、さながらクシャミをこらえるデーモンのごとし。特大のソーセージをよりあわせてつくったお面のように不気味であった。

「く…………くはーっ、やっぱダメだあっ、オレにはできねいっ!!」

両手で打ちおろした苦悩のこぶしが、ロウソクを立てていた木箱を一撃で粉砕《ふんさい》した。

バキイッ!!

「オレはどうせ弱虫なんだ！　生まれつき海賊稼業《かぎょう》にゃむいてねえんだっ。なあっ!?　おかしいだろ、みんな笑ってくれよ、このオレのいくじのなさを――！」

(笑えねえっス、おかしら……)

シャレにならない。手下たちの意気はズーンとどん底までしずんだ。

海賊《かいぞく》バリー、またの名を〈弱虫バリー〉。

由緒《ゆいしょ》正しい世襲《せしゅう》海賊の第四十四代目。

彼の不幸は、世にもめずらしい世襲海賊の家に生まれたことであったかもしれない。

古参《こさん》の手下のひとりが、しましまの海賊キャップをぬぎ、つるりと頭をなでた。

「おかしらぁ……もういいんだ。もう、がんばらなくてもいいんだぁ。あんたぁ、よくやってくれたよ……こんなに、こんなに、弱虫なのによォ」

グスッと洟《はな》をすすり、洞窟《どうくつ》の地面に落ちたロウソクをそっとひろいあげる。

「あんたが生まれたとき、ワシらぁ、そりゃあよろこんだもんさ。これで跡目《あとめ》もきまった、バリー一家も安泰《あんたい》だ、心おきなく荒らして荒らして荒らしまくれる……ってな。でも」

まだ熱いロウソクを首領《しゅりょう》の手ににぎらせる。

「無理するこたぁねえ。あんたがなにもかも背負うこたぁねえんだ」

「オヤッさん――」

「もう、ええ。もうやめっちまえ、な?」

「オヤッさん」

「なんだ、ボン」

「頭、すっかりうすくなっちまったなァ」

「へっ、おめえも知ることになるぜ、オトコの秋風ってヤツをよぉ。だから、それまで長生きしろ。な？　それがせめてもの先代への供養《くよう》ってモンだ」

「うん、うん」

なんどもなんどもバリーはうなずいた。

男のなみだが浅黒い肌をつたってあごヒゲ全域に支流をつくり、赤いリボンのあたりで合流し、滝となって船長服のひざになだれ落ちた。

つられて手下たちもなみだぐむ。

「お、おかしらぁっ!!」

総じて、ノリのよいバリー一家であった。

「よし、野郎ども……！　今日かぎりでバリー一家も解散だッ。これからぁ、てめえひとりひとりの胸ンなかに看板かかげて生きていくんだぜ？　バリー一家の名に恥じねえよう、根性すえてなあっ！」

「おうっ！」

「ははは、おかしらが根性《ツレ》いっちゃあシャレんなんねえや！」

「はははは、そうか――じゃねえっ、バカ野郎っ」手下の頭を鉤爪《かぎづめ》でなぐりつけ、「海賊旗《き》もってこーい！」胴間声《どうまごえ》でバリーは命じた。

いざ海賊旗をおろし、それをやぶく段になると、だれの胸にもこらえがたい思いがわきあがってくる。

しんみりと首領《しゅりょう》は旗に語りかけながら右手でなでつけた。

「もう、二度と日の目みれねえんだな……すまねえっ」

眼をつぶり、左の鉤爪《かぎづめ》でドクロの旗を引き裂《さ》こうとした、まさにそのとき。

「だぁめえええええーっ!!」

洞窟《どうくつ》の入り口を封じていた戸板を何者かがぶちやぶり、強烈な声が炸裂《さくれつ》した。

キ――――――ン!!

声は、洞窟のカベや天井に反響してわんわんとひびいた。

怪音波にやられてクラッと立ちくらみをおこした一瞬、空気を切りさく音とともに飛来《ひらい》した銛《もり》が、海賊旗《き》をさらい、そばの木箱にドスッとぬいとめた。

「なんだあっ襲撃かッ!?」

「それやぶいちゃ、だめだようううう……っ!」

まぶしくさしこむ陽の光が海賊たちの眼を射《い》た。

数度パチパチとまばたいてようやく、その光の輪のなかにちんまりとした女の子が立っていることに気づいた。

「だ――だれでい、おめえはッ!?」

「マリアだもんっ」

せいいっぱい背のびをしながらマリアは名乗った。

「〝楽園〟の魔術師で、ジェイルさまをさがしてるのっ。とくい料理はお魚とタマゴ料理っ、ちなみにうれしはずかし人妻ですっ!!　だから、その旗おろしちゃダメえっ！」

＊

なにをいっとるのかさっぱりわからん。

だが、わからないなりに、バリー一家の解散を邪魔《じゃま》されたことだけは全員わかった。

血気《けっき》さかんな若い衆が、

「やい、てめえッ。このガキャどっから入ってきやがった!?」

腕まくりしてすごんだ。

「ここ、ここー。この入り口からぁ～」

「ここをバリー一家の隠処《かくれが》と知ってのことかぁ!?」

「うん。知ってるようっ、だから来たんだもんっ」

「なんでこの旗おろしちゃいけねえんだっ、ええっ！　いってみろ！」

「だって」これはペンです、と基本中の基本を初心者におしえるかのような口ぶりで臆面《おくめん》もなくマリアはいった。**「マリアがのせてもらうから――っ♡」**

「…………………何者だ？」

なにかのまちがいであることを海賊《かいぞく》たちは海の神に祈った。

「魔女どの」

と、茶髪《ちゃぱつ》のーてんき娘の背後からべつの若い女の声が、

「もう一本ぶちこんでみるか？　ガタガタぬかしちょるようじゃが」

「てめえかッ！　銛《もり》なんぞ投げやがったアマぁ!?　ふざけたマネしやがってこのアマぁ!!　できやがれ、ツラ見せいや、クソアマぁ!!」

若手の挑発に、ぴしっとレサをとりまく空気が変わった。

マントをとりはらい、

「ええ度胸じゃ、そこの。三度もいいよったな？」

「あぁ!?　お、なんでえイイ女じゃねえか」

「三度もいうたじゃろうが、男のくせに、身のほど知らずがぁ！　ふざけちょるのはそっちのほうじゃあ、このクサレ眼《まなこ》のシマシマ！」

腕をふったのはたった一度としか見えなかった。にもかかわらず、標的《ひょうてき》の両脇にはたてつづけに二本の銛がつきささる。

「ひっ――!?」

「レサちゃん、おさえて、おさえてっ」

「ああ、おさえちょるぜ、魔女どの。殺生《せっしょう》はならんと魔女どのがいうき」

なだめるマリアに、ドスのきいた声で女戦士がこたえる。

「うん、そーだよう、ひとごろしはダメ。食べないものをころしちゃうのは、よくないもんねーっ」

うんうんとえらそうにうなずくマリアは、急にしずまりかえった海賊《かいぞく》たちのようすをふしぎに思い、「あれえっ？」くるりとふりかえる。

「どーしちゃったのぉ、急にー？」

彼らは、レサの手の甲にある黒い模様を、アンコウのように眼をみひらいて凝視《ぎょうし》していた。

「そ、その手の刺青《いれずみ》はッ……」

「まさか、女人島《にょにん》の」

「いかにも、オレはそこから来た。じゃが、女人島なんぞアホーな呼び方すな、アホー」


——船乗りのあいだにささやかれるひとつの伝説がある。

それは女人島の伝説である。

女ばかりが住む島。男よりもつよい女たちが、そこにはいる。

不幸にもその島にとらえられた男たちは、天寿《てんじゅ》をまっとうすることなく、奴隷《どれい》のようにしいたげられ、かならず無残《むざん》な最期《さいご》をとげるという……。

どんなに屈強《くっきょう》な海の男であろうと、「女人島に捨てにいくぞ」といわれておびえない者はひとりもいない。恐怖の島、それが女人島なのだ。

ひきつる海賊一家の顔をひとわたりながめ、

「やっぱりこいつらナマスに刻んでいいか、魔女どの？」

「えっ、でも～」

「責任もって骨まで食うちゃるき」

ごていねいに女戦士は許可をもとめた。

6　黒の長老

身じろぎもせず、初老の男は金髪《きんぱつ》のむすめを見下ろしていた。

「――何者か、と？　ざんねんだが、それにこたえるわけにはいかんなあ。わかっておるだろうが、お嬢《じょう》」

「この胸ひとつにしまうといっても？」

「そこだな。そこが、おまえさんのわるいクセだ。手をはなしてくれんか？」

おだやかな口調だが、その鋼《はがね》のような瞳は反論をゆるさない。

ダナティアは思いきりにらみつけてから、ようやく一歩さがった。

カーズが肺のなかからヒューとしぼりだすように息をつく。

「肝《きも》が冷えたわい……！　おそろしい女じゃのう、お嬢《じょう》は」

「あたくしのわるいクセとはなんですの？」

「エイザードによう似とるよ。おっと、異論はナシだ！」

てのひらをあげてカーズがさえぎった。

「安心せい、ホメ言葉だけじゃない。すなわち、いつも心のどこかに自分をゆるせん自分がいるということさ。ちがうかね？」

「…………」

「そうコワイ眼でにらみなさんな」肩をすくめて彼は椅子《いす》をひき、腰をおろした。「なんじゃ、男にフラレでもしたんか？」

ダナティアは大きく息を吸った。

「まだよ」

「なかなか難渋《なんじゆう》しとるようだな、うん？　おまえさんほどのいい女を袖《そで》にしたがる男ってのは、いったいどういう野郎だね」

「もちろん、あたくしが見こむほどのいい男、よ」

「あれはなるほど、よい男だ。よい男だが——融通《ゆうずう》がきかん」

「ご存じなの？」半信半疑《はんしんはんぎ》、問い返す。

「まあ、年の功《こう》というやつでな。ヤツは承知するまい。潔癖《けっぺき》だからな」

「させてみせるわ。たかが歳《とし》の差ごときを理由にするくらいなら、首に縄《なわ》をつけてでも祭壇《さいだん》にひきずっていってやる」

「たのもしいのう」

肩をゆらしてカーズは笑った。

「さあ、おしゃべりはこれでおしまいよ。それでは、あたくしの質問にこたえられない、そのわけを教えていただけるかしら。尊師《そんし》？」

「その尊師はやめてくれ」

「長老さま」

カーズは両手をあげた。

「わかった、わかった！　そうだな……では、こちらからきくが、ダナティア・アリール・アンクルージュ。おまえの眼から見てわたしはどう映る？　組合の長老連中と、どこがどうちがうと思う」

「あなたは――」

眼をほそめ、意識を集中させたダナティアは、ぐっとつばをのみこんだ。

「ふつうの人間に見える。魔力の波動も感じない――かけらさえ」

語尾はその事実をおそれるようにふるえ、かすかなものとなった。

そうとも、とカーズがうなずく。

「わたしはふつうの人間と変わりはしない。ただの老いぼれさ。だからこそ、おまえたちの見張り役にうってつけというわけだ。魔術は知っておるが、たいして使えはせんよ。たとえば、いまここでおまえと術を戦わせたなら、わたしはひとたまりもないだろう」

「なぜ。そのあなたが、なぜ十三長老のひとりに名をつらねているのです？　いいえ。それなのになぜ、あなたの気配は、首座《しゅざ》さまやエイザードと似ているのです！」

「……たいしたものだ、帝国の後継者よ」

カーズが瞳をとじた。しずかに、ためいきよりもおごそかに、彼はつぶやいた。

「惜しいものだ。心からいう」

ダナティアはふいをつかれたように言葉をうしなった。

この男はなにもかも見すかしている。はっきりとそれがわかった。

「わたしはおまえたちになにも語ることはできぬ。子らよ。古き誓約《せいやく》にしばられているゆえにな。われわれは、おまえたちを利用しているのかもしれぬ。エイザードを、あの迷《ま》い子《ご》を手なずけるために」

「卑怯《ひきょう》だわ」

「そうだな。いかなる理由があろうとな」

第四章　弱虫の海賊

1　内なる旅

魔術師はふたりの師をもつという。

ひとりは人。そしてもうひとりは、瞑想《めいそう》のなかで出会う霊的存在——導霊《どうれい》である。

ファリスの導霊《スピリッツマスター》は四十も後半とおぼしき戦士のかたちをとってあらわれた。

「よくぞ来た。心から歓迎しよう」

「あなたが、私のスピリッツマスターなのですか？」

「そうだ」

金の髪の戦士はうなずいた。

古風な戦装束《いくさしょうぞく》。くさりかたびらの上の長い上衣にファリスは紋章《もんしょう》をさがしたが、それらしきものは見当たらなかった。

その風格とおちつきは、相撲《すもう》でいえば横綱《よこづな》、軍隊でいえば大将クラスといったところか。

——べつに太っているわけではない。ただのたとえである。

（すごい剣……！）

両手もちのグレートソードはその大きさにもかかわらず優美だった。すばらしいバランスだ。使いこまれた武器だけがもちうる威厳《いげん》をまとい、かがやいている。この戦士はまぎれもなく一流の使い手にちがいない。

「この剣が気に入ったか」

「あ……。失礼しました、ぶしつけに見てしまって――」

「かまわない」

ほほえみながら彼は、地面につきたてていたそれをひきぬいた。

「もってみるか」

「いいえ、やめておきます」

「なぜだ？」

ファリスはちょっとことばをさがした。

「長く他者の手にあった剣には、使い手の想いがやどるといいます。それを受けとめるだけの技量《ぎりょう》は私にはありません」

「剣は守りの力。そして、使う者に見合わねば意味はない。そなたにはそれがよくわかっているようだ」

深みのあるおだやかな声だった。

「見よ」

導霊《スピリッツマスター》のゆびさす先には草原がひろがっている。

風が草の波をゆらし、風紋《ふうもん》をのこしていく。

髪をなびかせる空気にまじるすがしい香りは、ファリスが故郷でなじんだ香りに似ていた。ハッカやタイムといった香草《こうそう》のにおいだ。微妙にちがって感じるのは、きっと自分の知らない草がまじっているせいだろう。

「月があんなに大きい……」

薄紅《うすべに》色がかった月がかすみながら真昼の空にある。

その月をよぎって銀色の影が一瞬でかけぬける。ファリスはしばしばみの瞳をみひらいた。

「ドラゴン!?」

「そうだ。いい眼をしている」

「ここは……ここは過去なのですか?」

「厳密にはそうではない。赤毛の剣士よ。月にかかる星の影のようなもの――ここは夢幻《むげん》であり現《うつつ》でもある」

いまここにいる自分は実体ではない。そのことをようやく思い出した。

背後をふりかえると、自分が築いた星界《せいかい》の門がはるかにそびえている。

意識だけがこの門をとおりぬけたのだ。

（ここまで来れたんだ——）

ファリスの肉体はいまもまだ現実の世界にある。

『魔術の修行は、最終的にはあなたがた自分ひとりでおこなわなければならないのですよ……』

かつて師匠《ししょう》エイザードがそういっていたことを思い出す。

それにしても、と思う。

なぜこのスピリッツマスターは立派な男性のすがたをしているのだろう？

話にきく導霊《スピリッツマスター》は、しばしば天使や悪魔、ときには老人、うつくしい女性のすがたをとってあらわれるという。こんな例はきいたことがなかった。

「わたしはそなたの内なる声、導《みちび》き手であり、師である。だが、その前にひとつだけいっておきたい」

「はい……？」

「いかにこの夢幻《むげん》の旅に心ひかれようが、かならずもとの世界にもどらねばならぬ。さもなくば、この空間に永久にとらわれ、人として生きていくことはかなわぬであろう。そなたにそれができようか？」

「はい」

まよいもなくうなずいたファリスに、彼女のスピリッツマスターはわずかに問いかけるような表情をした。

「ここはたしかにすばらしいところです。力に満ちて、うつくしくて……。ですが、私は自分の住んでいる世界が好きです。好きな人たちがいる世界だから——私はかならずもどるとお約束できます」

「そうか」

いつくしむような笑顔で彼はこたえた。

「ならば、わたしの知恵と技をさずけよう。いずれの機会に」

「えっ？」

「そなたを呼んでいる」

わずかにからかうように首をかたむける。

世界全体が鉢《はち》のなかの水をゆらすようににぶくゆがんだ。

しろい星界《せいかい》の門をふるわせているのは、必死にファリスを呼ぶだれかの声だった。

(魔術師どの！　ファリスどの！)

「あっ!?　そうだった！」

「もどるがよい。仕事であろう」

あわただしくスピリッツマスターにわかれのことばを告げ、背をむけてかけだしたファリスは、ハタと思い出してふたたびふりかえる。

「あなたの名前を……！」

「——」

〈ゼイン〉とファリスの耳にはきこえた。

同時にその名ははっきりと脳裏《のうり》に文字を刻む。うしなわれた言葉、文字そのものがつよい力をもった神代《じんだい》の遺産だ。ファリスはおどろき、畏怖《いふ》に打たれた。

ゼイン——強き者。地の竜。それはすなわち、王をしめすことばだった。

「ああっ、魔術師どの！　たいへんです、王子が——！」

眼をあけると、地面に描いた魔法陣《まほうじん》を踏みこえんばかりにアリオスが身をのりだして叫んでいた。

「な、なにがどうしました？」

「修行の邪魔《じゃま》をしてもうしわけない、ファリスどの。王子がどこかへ行ってしまったのです！　私がちょっと眼をはなしたスキに——」

「えっ⁉　それは……。さがしましょう、すぐに」

瞑想《めいそう》のなごりのふわふわした感覚を頭をふって追いはらうと、ただちにファリスは剣をつかんで結界《けっかい》をまたぎこした。

「小用《しょうよう》に行かれるとおっしゃるので、すぐにおもどりになると思っていたのですが」

「どれくらい前です？」

「十……いや、十五分。それくらいです」

ファリスと交替して不寝番《ふしんばん》にあたっていた騎士アリオスは見るからにオロオロとおちつきをなくし、うろたえている。

黒々とした木のこずえが彼らの頭上にはりだしていた。

「月はまだのぼっていない」森のむこうを見すかすようにファリスは眼をほそめた。「こんなに暗いなかでは、そう遠くまでは行けないはずです。安心してください」

自分とて安心しているわけではぜんぜんなかったが、とにかくこの従者《じゅうしゃ》をおちつかせるほうが先だと思い、ファリスはそういった。

「不審者が近づいたわけでもないでしょう」

「なぜ、そういいきれるんです？」

「野営《やえい》のしたくのときに、かんたんな魔術をしかけておいたんです。もしだれかが近づけばわかります。あのう、失礼ですが――」

「はい？」

「王子のご健康は」

きっぱりと、アリオスは首をよこにふった。

「ああ見えて、王子はご健康だけがとりえなのです。お腹《なか》をこわされているわけではないと思います」

「あれだけめしあがっていたのに」

「ええ」

「そうですか」

ホッとしたような、しないような、複雑な気分であった。

「ああ、こんなことならやはりキチンとした宿屋に泊まるべきでした。王子がなんといわれようと――。旅の気分を味わいたいだなんて！　いくらここがわが国の領土内とはいえ、夜の森は危険すぎます」

「…………」

ごきげんだったのは最初のうちだけで、ものめずらしさにあきるとすぐにマルス王子サマはモンクをつけはじめた。

「地面がかたい」「オカズがすくない」「虫がいる」「しずかすぎる」などなど。

しまいにはイヤがる従者《じゅうしゃ》に無理やり一曲うたわせて「オンチ」と血もナミダもないお言葉をたまわれた。

なだめすかしてやっと寝かしつけたはいいが、こんどは夜の夜中にコレである。

「ファリスどの、王子がどこにおいでになるか、わかりますか!?」

「たぶん――」

ファリスがある方角に顔をむけたのと、「たぁすけてくれぇ～～～っ」というへっぽこ王子の泣き声がきこえてきたのが同時であった。

「殿下!? あっ」

目の前で赤毛の魔術師のせなかが一瞬でかき消えた。

ワッと叫んでたいまつをほうりだしそうになったアリオスに、

「こっちです！」

当のファリスの声が、はなれた場所からとどいた。

「で、殿下――マルス王子っ。ごぶじですか!?」

「ごぶじではないっ、ばかもの!!」

えぐえぐと泣いている王子は、なんと獣《けもの》のワナにはまってもがいていた。

ジタバタと手足をふりまわしてキィキィとかんだかい声でさわぐそのようすは、たとえるのははばかられるが、子ブタに似すぎていた。

「………お、王子」

「足がちぎれるかと思ったぞ！　なぜこのようなところにワナがあるのだ!?　あぶないではないか！　ええい、はやく余《よ》をたすけぬかっ、この役立たずども！」

「とれました」ファリスがこたえる。

王子の靴《くつ》の先をほんのちょっぴり嚙《か》んだワナに、血はついていなかった。

真っ赤になってマルス王子はなおもまくしたてる。

「死刑だ――！　こんなキケンな、愚劣《ぐれつ》な、ひきょうな策をもちいるヤカラは、余《よ》が死刑にしてくれる！　うん？　まて、魔術師よ。せっせとなにをしている？」

「はぁ。ワナをもとにもどしているんです」

「なにい……？」

「マルスさま！」従者《じゅうしゃ》がとりなす。「お気持ちはわかりますが、どうかこらえてください！　ワナを使わなければ日々の糧《かて》を得られない民《たみ》もいるのです！」

「だから余がケガをしてもよいというのか⁉」

「それはっ」

「ワナをしかけた者を表彰《ひょうしょう》なさっては？」

主従《しゅじゅう》が絶句した。空耳《そらみみ》だと思ったのだ。

「いま、なんと申した……魔術師？」

「はい。ほめてさしあげるべきだと申し上げたんです」

木《こ》の葉《は》をかきあつめてワナにかぶせ、もとどおりにしたファリスが立ち上がり、ふりかえった。

皮肉とも思えない。きわめてまじめな顔をしている。

「すぐれたしかけワナは、動物にも人間にも見やぶることができません。ご領地にそういったすぐれた猟師《りょうし》がいることを誇りに思われてよろしいかと存じます」

「そ、そうです、王子！」

ここぞとばかりにアリオスがいそいで後押しをした。

「しかも高貴なる王族であられるあなた様ですら見やぶれなかったのですっ。これはスゴイことですっ」

「ふむ」とまどいながらも王子が考えこむ。

「王子のおほめのことばは、領民にとってなによりのはげみとなるでしょう。もしも私がこの国の民ならば、そう思います」

「そ、そうか？」

「ええ！」

ヘソをまげられてはたまらない、アリオスはもう必死である。

「ふむ、よかろう」

ふんぞりかえってマルス王子はケロリときげんを直した。

「そうしよう。アリオス、ふれを出し、余のすばらしい恩情を民にしめすがよいぞ。偉大なる余の靴《くつ》をみごととらえた猟師に報奨《ほうしょう》をとらせてつかわすと」

「はっ！」

にっこりと、ファリスがくもりのない笑顔を浮かべた。

「よかった。ご英断《えいだん》、心よりうれしく存じます。マルス王子、おけがは」

「うむ、大事《だいじ》ない！」

王子は、この赤毛で背の高い魔術師が女であるという事実をいまだ知らず、そのカオがよすぎることが気に入っていなかったが、すこしはゆるしてやってもいいと思った。

あとで、

「魔術師どの、よくぞウチのワガママ王子を手なずけられましたね……！　みごとな策でした」

こっそりと耳打ちした従者《じゅうしゃ》アリオスは、

「策？」

まばたきながらふしぎそうに聞き返してきたファリス・トリエの顔を見て、ふたたび衝撃を受けた。

これは………なんと⁉

なんとたいした策士よ、とばかり感心した相手は、なんとただの天然《てんねん》であった。

ファリス・トリエは何時《いつ》いかなるときでも自然体であった。

「よし、自信がついてきたぞアリオス！　ぜひ他国にも余《よ》のすばらしさをひろく知らしめるべきだな。うん、そうだ、そうしよう！」

王子は、つけなくていい自信をつけてしまったらしい。

不幸な従者はその夜、森のかたすみでちょっぴり泣いた。

2　最後の航海

「ケッ、冗談じゃねえ。海賊《かいぞく》をなんだと思ってやがる、ウチは乗合船《のりあいぶね》じゃねえんだッ。おとといきやがれ！」

「って、面とむかってあの娘ッ子にビシッといってやりゃあよかったんスよ、おかしらぁ。ビシッと」

「うるせえ、はばかりながらこのバリー……それがいえてたらとっくに人生かわってらあ」

弱虫のくせに、内弁慶《うちべんけい》な海賊バリーであった。

「安うけあいしちゃって。どーするんスかあ」

「おい、おめえら。なめてんじゃねえぞ」

「と、いいますと、おかしら？」

「いいか、承知してみせたのは戦略的譲歩《じょうほ》ってヤツだ」

「つまり、ウソついたんスね？」

「身もフタもねえこといううんじゃねえっ。なあに、ちょちょっとそこいらながして、てきとうなとこで船が故障したとでもいってやりゃあいい。いくらなんでもかんじんの船がダメとなりや、ヤツらだってあきらめるだろう」

「はあ」

キャプテンらしい弱気な作戦だ……と手下たちは思った。

「にしても、なんなんスかねえ？〈惑《まど》わしの海〉に行きたい、なんつーのは」

太いロープをたぐりよせながら手下。

「たしかにワシら、あそこらの海にゃ一番くわしいけど」

「カタギがあんなあぶねえトコに行きてえなんて、気がしれねえっス。愛をさがすってなぁ、なんのことやら。なあおめえ、愛が海のど真ん中に落ちてるとこ見たことあるか？」

「いいや、ねえなぁ」

「だろー？　やっぱ、ネジがとんでやがるんだよ」

「いっそのこと、おかしらぁ。んな手間かけてねえで、ちょいと海につきおとしてやるってのは？　どうせ泳げねえにきまってんだ、びびって逃げだすでしょうよ」

クワッとバリーは眼をみひらいた。

「ばっきゃろうっ!!」

ガンッ、と手近な砲身にこぶしをたたきつけた。

が、それは生身《なまみ》の右手。

両ひざのあいだにこぶしをはさんで痛みにひとしきり悶絶《もんぜつ》すると、

「い、いいか。そんな人の道にはずれたことしちゃなんねえ。だれがゆるしてもオレがゆるさねえぞ。じゃあ、きくがテメエら。コンなかで、泳げるヤツ手ぇあげてみろ」

船長はたずねた。

ハイ、とわずか二、三人ばかりがぽつりぽつりと甲板《かんぱん》の上で手をあげた。

「みろ！　海賊《かいぞく》のオレらでさえこうなんだ。娘っ子なんぞ海に落ちたらひとたまりもねえぞ」

なにもこれはバリー一家が特別「およげません」というわけではない。

海賊でも海軍でも、泳げる人間はひじょうにすくないのだ。素《す》もぐりで漁《りょう》をする漁師《りょうし》たちのほうがよほど泳ぎが達者である。

いわんや、シロウトをや。

「なさけねえよなあ……ご先祖さまはそれこそサカナのよーに自在に泳げたっつうのによ」

「またはじまった、おかしらのご先祖さまビイキ」

こそこそと手下たち。

バリー船長は、黒々としたヒゲの赤いリボンを潮風《しおかぜ》にそよがせながら遠い眼をしている。

「ああ、ご先祖さま。せっかく四十四代つづいた海賊稼業《かぎょう》もあっしの代でおしめえです……。ふがいない子孫だと笑ってやっておくんなせい」両手をあわせて海におがむ。

なぜか旅芝居《たびしばい》のごとき口調になっている。

「それで思い出しましたけど、おかしらぁ。恒例《こうれい》のご先祖の御霊《みたま》まいりはどうなさる気で？

船をたたんじまったら、どうしようもありやせんぜ」

「しかたねえさ……」

よわよわしくバリーはためいきをついた。

それをいわれると胸が痛む。

先祖の故郷であるというバラルトン海まで、毎年バリー一家が詣《もう》でるのは、これまで四十四代脈々《みゃくみゃく》とつづいてきた習わしだった。

それもここ数年ほどは一年おき、二年おき、としだいに間隔《かんかく》があくようになっている。稼《かせ》ぎがあまりにもすくないためだ。

もっと景気のいいときなら、お参りついでにあの娘を乗せてやってもいいんだが——などと考え、いかん、いかんと首をふる。いや、やはりダメだ。海賊《かいぞく》には海賊のプライドってもんがある。たとえおちぶれようが、役人に捕まって吊《つ》るされるのと、だいじな船を渡し船がわりに使うのだけはガマンがならない。

「そう、たとえ死んでもっ」

「こぉんにっちはーっ♡　来たよーっ！」

気がぬけそうな、能天気な声が下からひびいた。

出航準備をしていた海賊たちのあいだに戦慄《せんりつ》がはしる。

「来た、来やがった……！」

「約束どおり、お船に乗せてくださ〰〰いっ♡　あっ、お弁当つくってきたのー、みなさんで食べてねえっ♡」

「弁当だとお？　観光遊覧船《ゆうらんせん》とカンちがいしてんじゃねえか、あのガキ」

チッと舌打ちして下をのぞきこもうとしたバリーのあごすれすれに、ヌッと銛《もり》の先がつきだされた。

彼のゆたかなあごヒゲをプッスリと貫通している。

「邪魔《じゃま》じゃや、どけクマ」

「あ、すいません」

つい腰をひくくしてペコペコする。

そうだ、こいつもいたんだった。この凶暴な女人島《にょにん》の女が！

急な崖《がけ》のかくれがをさぐりあて、船のよこっぱらをステップも使わずにガシガシよじのぼってくるような女が。そこでフト疑問に思った。

はて、あの茶髪《ちゃぱつ》の小娘のほうは、いったいどうやってこのけわしい道をやってきたのだろう？

＊

弁当の材料はレサが調達してくれたのだと、得々とマリアは語った。

「おかげでね、うんとたくさんつくれたんだようっ♡　えんりょしないで食べてねっ」

「いや、それはいいけどよ——これ、サメじゃねえか？」

「おう、サメ肉だな」

ナイフにつきさした肉を見、ついでに、はなれた場所にひとり銛《もり》を手にして立つレサのほうを見る。

「……………うめえな」

「うん、うめえ」

彼らはうなずきあった。

「これ、クジラじゃねえか？」

「おう、クジラ肉だな」

「…………」

「…………」

「…………」

「ひとりで獲《と》ってきたっていったか？」

「うん、ほとんどそうだようっ！　マリアもちょっとお手伝いしたけどー、えへ」

ちょっと、とは、なにをどう「お手伝い」したのであろうか。

海賊《かいぞく》たちは一瞬考え、こわい考えになりそうだったので思考を停止した。もくもくと食事をつづける。こんなにまともなメシを食うのはひさしぶりだと最年少の火薬係《がかり》が感きわまって泣きだし、センパイに脳天チョップをくらった。

泣き言は、バリー船長だけにゆるされた特権であった。

「やっぱり、おナベもってきて正解だったねっ」

風は南南西、やや弱めだが、海は波もすくなくおだやかだ。

〈アホウドリ号〉は順調にすすんでいる。

船長室では、バリー船長とおやっさんがひそひそ話をしていた。

「もうすこしのしんぼうだ……あの三角岬《さんかくみさき》をぐるっとまわったときだ。いいな、おやっさん」

「おう、まかせとけ!」

作戦に問題はない。ないはずだ。

「〈惑わしの海〉にくわしいひとがいてくれてよかったあ♡」

甲板《かんぱん》からの声がきこえる。

「もうダメかと思ってたのーっ。だって、だれも船を出してくれるひとがいなかったからっ。みなさん、ホントーっにありがとおおお!」

「うっ」と思わずバリーは胸をおさえた。

あの小娘は、みじんも疑っていない。まぎれもなくバカだと思うが、そのバカさかげんは並ではない。駆逐艦《くちくかん》なみのグレートさだ。

「——なんぞ、たいそうな理由でもあるんじゃないかね。あの娘ッ子」

「おやっさん、なにいいだすんでいっ」

「いやな、なんとなくなァ。ただのアタマのおかしな小娘にしちゃ、妙に正気《しょうき》じゃねえか。ヒラメの蒸《む》し焼きをあれほどうまくつくれるのはそうそういねえよ」

「喰ったんかッ」

「おう、うまかったぞォ」

「バリー一家四十一人。くさったとはいえ、オレはまだこの船のキャプテンだ。手下どもをみすみす死なせるわけにゃいかねえ。おやっさんだってわかってるだろうが？　こんな備《そな》えじゃ、とてもあそこまではたどりつけねえ。みろ、喫水線《きっすいせん》なんかなさけねえくらいに下がっちまって、お宝も大砲のタマもねえのはバレバレだ。こんな海賊《かいぞく》に襲われてくれるキトクな獲物《えもの》もいやしねえよ」

「ポワンソン」

ぽつり、とおやっさんがつぶやいた。

「ポワンソンの砦《とりで》さえありゃあなァ……」

「よせ、おやっさん。それはいわねえ約束じゃねえかっ」

「いや、すまねえ。年寄りのグチだ、聞き流してくれや。――さて、わしはそろそろ下に行っておこう。着火のタイミングをまちがえるわけにゃいかねえからな」

　ほてほてとロートル海賊が扉にむかう。

　と、それが鼻先でバンと乱暴にひらかれた。

「うをっ⁉」

「岬《みさき》の先に、なんかおるぞ」前置きもなしに女戦士がいった。

　幽霊《ゆうれい》がいるぞ、というような口調であった。

「な、なにい？」

「なんかおる」

「ったって、見えるわけねえじゃねえか」

「オレにはわかる」

　反論しかけて、バリーはやめた。まだ命は惜《お》しい。

　ほそい三角形にせりだした岬は切り立つ崖《がけ》を擁《よう》し、そのむこうの視界を完全にさえぎっている。ぶつぶついいながら望遠鏡を手にしたバリーが、かたちばかりの確認をするためになげやりに艫《とも》へむかったとき、

「あ、お船だあ」

　マリアがいった。ひろげていた弁当をかたづけながら。

「なに、船だと？　なんでわかる」

「だって見えるもん。えーっとね、ワシと雲の紋章《もんしょう》の旗が見えるようっ」

「むっ、ドウェイクの船だな。貨物船か？　まさか軍艦じゃやねえだろうな」

信じられないまま、ついついきいてしまう、かなしい海賊《かいぞく》のサガであった。

「軍艦じゃないけど砲門《ほうもん》がいーっぱい。あ、ぜんそうぎそうだぁ」

港町そだちのマリアは、とりあえずサカナと船の種類にはくわしかった。

「全装艤装《ぜんそうぎそう》だと！　そいつぁ宝船にちがいねえ。おおい、トップ！　すぐに確認——」

黒々とした長い船体が、〈アホウドリ号〉の行く手をはばむように岬《みさき》の陰からすがたをあらわす。

「ネズミの野郎かぁッ！」バリーが吠《ほ》えた。

「とり舵《かじ》いっぱい！　全速反転！」

船首のむきを変えるために〈アホウドリ号〉が腹を見せたその瞬間、
ドーン！

大砲の音が耳をつんざいた。

「んきゃーっ!?　なんでいきなり撃ってくるのおっ!?」

「それはオレらが海賊だからだっ！」

「だからっていきなり――」

　むこうのドウェイクの船から、メガホンに増幅された指揮官の声がとどいた。

『そこの海賊船、すみやかに停《と》まりなさい』

「てやんでえっ、ちくしょーめ！」

『おやおや、これはこれは〈弱虫バリー〉君ではないか！　まだ貧乏《びんぼう》ったらしいつまらん略奪《りゃくだつ》をしておったのかね』

「なんだとバカヤローっ、てめえこそ私略船《しりゃくせん》のぶんざいでナニ寝言《ねごと》ぬかしやがる!?」

　威勢《いせい》はいいが、これを樽《たる》のうしろにしゃがみこみ、ブルブルふるえながら言うものだからすこしもサマにならなかった。

『だが、キミたちより私たちのほうが稼《かせ》ぎは上だよ、バリー』

「そう思うんならほっとけ！　カラ手で港に帰りたかぁねえだろ、ドウェイクの！」

『なにをカンちがいしとるのかね、親愛なるバリー君？』

　ピンと上をむいたヒゲを片手でなでつけながら敵船の指揮官はイヤミったらしくいった。

『海賊の首には生死かかわらず賞金が出るのだよ』

「くそっ。野郎ども、死ぬ気で逃げるぞ――！」

「がってんだ、おかしらぁ！」

〈アホウドリ号〉の乗組員のうごきはすばやかった。

ろくにタマもない。接舷《せつげん》されるまでもなく、相手の砲火《ほうか》をあびればひとたまりもない。が、荷がすくないぶん、船足《ふなあし》はこちらが勝っている。

「逃げるか、臆病《おくびょう》モンが」

「ああ、なんとでもいいやがれ、この男女っ」

ヤケになってバリーは女戦士に言い返す。

「オレが一家を解散させようと思ったのは、こんなことのためじゃねえ……！　こんな、犬死《いぬじ》にするためにこいつらを養ってきたワケじゃねえんだよ！」

この場は逃げることだけが、ただひとつの生きのびる道だ。

つぎつぎと〈アホウドリ号〉の周囲で水柱がふきあがる。

「くそっ、あそんでやがる——！」

「ちょームカつくッスね！」

「ムカついてるヒマに手ェうごかしやがれッ。おい、あのパープー娘はどうした⁉　下に避難させとけっ」

「あっ、あそこに！」

手下のゆびさす方向を見て、バリーは舵輪《だりん》を手ばなし「ひいい」と悲鳴をもらしそうになった。

ふわふわの髪とスカートをなびかせて、タマよけのつもりなのか両手なべを頭にかぶったちいさな人影が、メインマストへとつづく網《あみ》のような段索《だんさく》を、うんしょ、うんしょとよじのぼっているではないか。

「ななな、なにやってんだァ⁉　そんなとこにいたら狙い撃ちにされっちまうぞ⁉」

「おとしものー」

と、ぶんぶん片手をふってマリアがこたえた。

見張りがうっかり落とした銃を親切にもとどけるつもりらしい。

よりにもよって危険な風下《かざしも》の段索をえらぶとは！

見ているほうの心臓がとまりそうだ。

「バカっ、ほっとけ……！　もうすぐ銃の射程《しゃてい》に入っちまう！」

さらに距離をつめた全装艤装《ぜんそうぎそう》船のデッキから、兵士たちのマスケット銃が火をふいた。

「うわあっ！」

思わず頭をさげた一同。

銃の発射音がわずかにおくれてひびき、ほぼ同時に上甲板《じょうかんぱん》でもパラパラとかわいた音がした。

「――？」

ふしぎに思い、眼をあけた海賊《かいぞく》たちの前に、さらにちいさな銃弾がつづけて落ちる。

「なぜ弾《タマ》が？」

信じられないものを見た。

女人島のむすめが銛《もり》でそれをたたき落としたのだ。

人間わざではなかった。

〈アホウドリ号〉の船べりに足をかけたまま、怒りにまかせ、金髪《きんぱつ》の女戦士が敵船にむかってこわいもの知らずのタンカを切る。

「コラア、撃てるものなら撃ってみいや、アホンダラ！　たいそうな大義《たいぎ》をかかげる気があるんなら、真剣にやらんか！　弱いもんイジメがそんなにたのしいか、くされ外道《げどう》!?　きさまら、ただの卑怯《ひきょう》モンじゃあ――！」

「や、やめてくれえっ、挑発するなっ」

シマシマの海賊《かいぞく》たちが必死でレサをとめようとする。

『な、なんだ……その女は？　めずらしいな、女の海賊とは』

はっとして、バリーはハッタリ勝負に出た。

ガクガクとふるえるヒザをはげましつつ、

「そ、そうだっ！　この船には人質《ひとじち》がいるんだぞ――！　無関係な人質を撃てば、おおお、おまえらの評判にも傷がつくぞっ!?」

『………』

しばし攻撃を中止し、敵の指揮官は考えていたが、ふたたびおもむろにメガホンをもちあげた。

『どこの世界に、のこのこ上甲板《じょうかんぱん》にでて銃弾をはねかえす人質がいるかね？　射撃隊、かまえ――!!』

「あああっ、もうダメだあっ!?」

大きな横風がふいた。

ドウェイク船から斉射《せいしゃ》された銃弾が〈アホウドリ号〉のマストに当たってめりこみ、帆《ほ》に穴をあけた。

「ほえっ？」

「ああっ、お嬢《じょう》……っ!?」

ほえええええええええええ――と、突風に大きく外にたわんだ段索《だんさく》から、とぼけた声をもらしてマリアが海にころがり落ちた。だれもがいっせいに駆けよろうとしたが、すでにおそすぎた。

ザン、とちいさな水しぶきがあがる。

「魔女どの！」

「お、おいっ!?」

あとを追ってレサがとびこむ。

前後してドウェイク船の下層砲列《かそうほうれつ》が火をふいた。

飛び石のように連続して〈アホウドリ号〉のわき腹すれすれに海面がはじけ、水柱があがる。二発ほど食らい、船体がズゥンとゆれた。

「く――っ!?」

『さあ、お遊びはやめだ。どうする、いさぎよく降伏《こうふく》するかね？　私もキミたちにこれ以上タマをむだ使いしたくはないね』

「撃ったな……撃ちやがったな？」

ゆらり、と顔をあげてバリーはひくくいった。ふりかかった海水を左の鉤爪《かぎづめ》からふりはらう。

海賊《かいぞく》たちが無言で身がまえる。

手斧《ておの》をとる。

反り《そ》刃《は》のカトラスをひきぬく。

鉤つきのロープをにぎる手がある。

彼らの心はひとつだった。

「あの娘らは関係ねえっつっただろうが、ネズミ野郎！　よくも女コドモまで撃ちやがって……もう勘弁《かんべん》ならねえっ！　だれが降伏なんかするけえ、地獄を見せてやるから覚悟しやがれえっ!!」

＊

南の海の底はまるで青い硝子《がらす》のようだよ。

いつかきみにも見せてあげたいね。


南の海はもう見たけれど、ジェイルさまはいっしょじゃなかった。

出会ったのは海辺。

なにしてるの？　とあのひとはきいた。

――ええとね、おさかなとってるの。夕ごはんのおかずにするの。

ほんとはちょっとだけ泣いていた。なかよしだった近所の犬が死んでしまったので。

なみだも海の水もおなじしょっぱさだから、思いきり海にもぐってしまえばもうどちらがホントかわからなくなる。

びしょぬれのまま、海のなかから見上げたあのひとは、すごく大人の男の人に見えた。

フェルト帽子の下に、スカーフを耳にかかるくらいひたいに巻いていて、どういうお仕事のひとなのかぜんぜんわからなかった。

王子さまみたいな笑顔と、船乗りさんみたいな気どりのなさ。

――いい魚はみつかったかい？

――ううん、まだ。

そう、とうなずいて、帽子とマントをはずすと、あっというまに海にとびこんだ。どうしよう、おぼれちゃったんだ！

なかなか浮かんでこないのでもぐってたしかめようとしたとき、ひょっこり顔をだして彼は笑いかけた。

――やっぱり素手《すで》じゃ魚はむりだね。かわりに、はい。

どっさりと両手いっぱいの貝をくれたあのひとの栗《くり》色の髪は、天使のわっかをのせたみたいにつやつやとしていた。

お礼をいうまえに岸にあがり、ブーツにたまった水をひっくりかえしてスカーフで髪をぬぐいながら、まだ海水浴には早すぎるねと、なにげなくいった。泣いていたのを知っていたのだろうか。

上着のすそをしぼって、

――そうだ、これあげるよ。

きれいな小瓶《こびん》に入ったアメをくれた。

――ちょっとぬれちゃったかもしれないけど、ごめんね。

むこうでだれかが呼んでいた。ジェイルさま、どこにおいでです。やれやれと肩をすくめ、彼はマリアにさようならをいった。

――もう行かなくちゃ。船がでてしまう。ちいさな人魚姫、かぜをひかないうちにお帰り。

マリアこどもじゃないもん、もう八歳だもん。

けれどなぜかそのことばは、気はずかしくていえなかった。

もっとおとなだったらよかった。もっといっぱいことばをおぼえて、きっと気のきいたお話ができるだろう。

船乗りさん？　やっとのことでたずねると、船には乗るけど本職じゃないよと彼はこたえた。

――どうしてスカーフなんかしてるの？

――耳栓《みみせん》だよ。船の大砲の音がすごいからね。

(大砲………)

はっとしてマリアは水中で正気《しょうき》にかえった。

とっさに両手で耳をしっかりとふさぐ。

直後にドウンと骨までゆさぶる衝撃がたたきつけられた。

――いつかまた会える……？

――縁があったら、きっとね。

ジェイルさまからもらった飴《あめ》は、ちょっぴり海の味がした。

3　公開処刑

くさったタマゴが投げつけられ、黒い船長服の肩にびしゃりと当たった。

頭痛がしそうな悪臭がツーンと鼻を直撃する。

「どうせ死ぬなら——海の上で死にたかったぜ……」

しぶいセリフをバリーは吐いた。

決めたつもりだったが、鼻を止めてしゃべったので意味不明のつぶやきにしかならなかった。

「吊《つ》るせ、吊るせ！」

「海賊《かいぞく》を吊るせ！」

くちぐちに叫ぶ見物人たちの声が王宮広場ぜんたいをゆるがしている。

「あんなことといってるっスよ、おかしらぁ」

「ほっとけ。庶民《しょみん》にゃ、ほかに楽しみもねーんだからよ」

「ってゆーか、まっとうな海賊の数もへってるッスからねえ。海賊吊るしもひさしぶりでコーフンしてるんじゃないスか？」

「まったくだ、イヤな世の中だぜ」

〈アホウドリ号〉の乗組員たちはいま、数珠《じゅず》つなぎに縄《なわ》をかけられ、役人にこづかれながら急ごしらえの処刑台へとむかっている。

どの顔もじゃがいものようにボコボコにされていた。

とくに元から人相が凶悪な〈弱虫バリー〉など、まさしくガーゴイルのごときツラに生まれ変わっている。ひとめ見て泡《あわ》をふき病院おくりになったご老体《ろうたい》とこどもたちに、彼は（すまねえ）と心のなかで詫《わ》びた。

「――ようやったよ、おかしら。ようやった」

「よせやい、おやっさん。あの娘ッ子をたすけられなかったんだ……」

マリアとレサ、ふたりの娘はついに水面に浮かんでこなかった。

「オレぁ、テメエがこれほどなさけねえと思ったことはねえよ。〈惑わしの海〉でもどこでも、つれてってやりゃよかった」

首に縄の輪がかけられた。

足場をはずせば、海賊たちの身体《からだ》は梁《はり》から吊るされるだろう。

桟敷《さじき》の特等席から、ネズミ野郎がにやにやしながら手をふってきた。

「地獄をみるのはきみたちのほうのようだな！　どうぞよい航海を、諸君」

「ああ、先に行ってまってるぜ」バリーがつぶやく。

「最後の祈りを」

よぼよぼの聴聞僧《ちょうもんそう》が海の男たちに「神へのとりなしをのぞむ者は申し出なさい」とたずねた。が、だれひとり口をひらく者はいなかった。

それは「海賊《かいぞく》」としての最後のプライドであった。

古くさいといわれようが、〈バリー一家〉は節操《せっそう》のない盗みや殺しをしたことはただの一度もない。

役人の片手があがった。

くもり空にその手袋がやけに白く見えた。

「ん——？」

天からの最初の雨のひとしずく——それが役人の帽子のつばをポツンと打つ。と、信じがたい物体が、いっせいにボタボタと降ってきた。

「きゃ——————っ!?」

群衆が悲鳴をあげた。

首や肩を打ちながら、これでもかと天から落ちてくるのは、

「さ、サカナ!?」

ぴちぴちの活《い》きのいいサカナの大群であった。

網《あみ》からひきあげたばかりのようにはねながら、サカナは人間たちめがけつぎつぎととびこんでくる。

「**きゃーっ**」

パニックじみた悲鳴は、

「**おサカナようううっ！**」

つぎの瞬間には歓声にかわっていた。

「な……ななな、なんだと!?」

先導したのは街の主婦たちであった。たくましきおっかさんたちは、この異常事態におどろくよりも家計を優先した。

たちまちにして、海賊の公開処刑は「大漁！　サカナつかみどり大会」と化した。

「アジよっ」

「タイよ」

「ヒラメよっ！」

流星のようにウニが降った。

＊

た。

もはや処刑どころではなかった。ひときわ大きな影が広場の上空からヒュウウと降下してき

ドウェイク国王の足元でタコがうねうねと舞いおどった。

豪快にマグロが降った。

「──なんだアレは⁉」

ズウゥウン！

巨大なシュモクザメが処刑台と群衆をへだてるように横たわった。

「いまのうちだようっ！」

近くでささやく声とともに、うしろ手のいましめがプツリととけた。

バリーがふりかえる。

「おおお、おめえっ生きてたのか……⁉」

「とーぜんだよう、ジェイルさまをみつけるまではマリア死なないもんねっ♡」

皮むき用のペティナイフを使って、マリアはつぎつぎと縄《なわ》を切っていった。

戦闘用の魔法剣はマリアには使えない。

だが、なれしたしんだ台所用品にその原理を応用することはかんたんだった。ちいさな皮む

きナイフは強情な荒縄をあっさりと、ぬれた紙のように切断した。

「まて、この——」気づいた私略船《しりゃくせん》のネズミ氏がそれを追おうとした。「逃がさんぞ、私の賞金っ！　えい、道をあけろ、そこをどけ！」

「こっち！」

「三発じゃ」

「なに……!?」

行く手に立ちはだかった人影のこぶしが、問答無用《もんどうむよう》でミシッと彼のあごにめりこんだ。

「まずオレのぶん。それから、魔女どののぶん」

倒れかけた男の胸ぐらをつかんでひきもどし、下からのボディー・ブロー。

「はぐうっ……!!」

「最後は」すわった眼で若い金髪《きんぱつ》の娘はイレズミのこぶしをにぎり、ガスッとひじを男の背中に打ちおろした。「あいつらのぶんじゃ！　アホーがぁっ」

「きさまのようなヤツは喰う気にもならん、このクサレ毒貝が」

足元にしずんだ私略船の指揮官を一瞥《いちべつ》し、レサはひややかにいった。

「ちょっとまて、娘ッ子！　こっからどうやって追っ手をふりきるつもりでぃ!?」

「ひぃ、ふぅ、みぃ……んーっと、全員そろってるかなぁ？」

「お、おう」

「よかったあ♡」

買い物かごのなかに手をつっこんで、マリアは「あっ、レサちゃんっ。こっち、こっち――！」走ってくる女戦士に呼びかける。

「げっ、あんのじょうついてきてるじゃねえか、兵隊どもが！」

「だいじょうぶっ。ふせて、レサちゃんっ。んしょ」

エイ、となにかを投げつけた。

ドン、と派手な音とともに、もうもうたる黒煙《こくえん》があがった。

「煙幕《えんまく》――!?」

「うん、おともだちのおせんべつー♡」

前に受け身をとって地面にころがったレサはすぐに立ち上がっていた。

商工組合の建物の裏手、小路《こうじ》にぎゅうぎゅうづめになった四十一人のバリー一家と魔女と女戦士は、マリアの指示でたがいの身体《からだ》をくっつける。

「もちょっとつめてねっ、うん、そうそう」

「こんなことを言いたかねえが、どう考えたって脱出はムリだぜ。おしくらまんじゅうしてる場合じゃねえだろう!?」

「ちがうよう、信じることがだいじなんだよう」

手品のように買い物かごのなかから魔術師の杖《つえ》をマリアはとりだし、キッパリといった。

ずり落ちてきた変装用のスカーフをとって、ふわふわの髪をうしろにやる。

「だからみんなぁ、マリアを信じてね」

「魔女どの、ヤツらが来るぜよ」

「ようし、いっくよう〰〰〰〰〰?」

こんぺいとうのような明るい色の星がいっせいにはじけた。

ちいさな魔女を中心にして、魔道の光は路地《ろじ》のすみずみまでもくまなく照らした。


「なんだ、いまの光は——!」

なみだと咳《せき》に苦しみながらドウェイクの警備兵たちがその場所にかけつけたとき、そこにはもはやだれもいなかった。ただ女物のスカーフだけが一枚、ぬけがらのように現場にのこされているだけだった。

＊

「やた——っ! だいせいこうっ♡」

とびはねながらきゃっきゃっと無邪気《むじゃき》によろこんでいるマリアのうしろすがたを、

「なにが……いま、なにがおこったんだ」

「ここはどこっスか、おかしら!?」

バリー一家は両手と両ひざをついたままぼうぜんと見た。

眼前は海。かたむきかけた陽が金色に光っている。

崖《がけ》の下によせる波の音がきこえた。

「三角岬じゃねえか……。もどってきたんか!?」

「うんっ」

マリアがうなずいた。

「おなじとこにもどってるなんて、たぶん思わないもんねーっ。もうだいじょうぶだようっ。

ああ、よかったあ……こんなにいっぺんに大勢はこんだことなかったから、ちょびっと自信なかったんだけどぉ。えへへへ」

「………」

失敗していたら、どうする気だったのであろうか。

魔女などというたわごとを、彼らはいままで本気で信じてはいなかった。アタマのゆるい小娘の妄想《もうそう》だとばかり思っていた。

――さからったら、呪われるかもしれない。

船乗りというのは迷信《めいしん》深い人種だった。

「これでなんの心配もなくバラルトン海にいけるねっ⁉　ねっ⁉」

「ば、ばかやろ、船はドウェイクにとられたまんまだ。あれがなきゃ」

「もうすぐここにとどくよう？　おともだちにたのんでおいたから━」

「なにい？」

片手を眉《まゆ》のうえにかざし、海のほうを見ていたレサがマリアを呼んだ。来たぜ、とひとことだけみじかく告げる。

全員が眼をむけた。

夕陽を背に、マリアの「おともだち」が大きな翼をひろげバッサバッサと飛んでくる。

口にくわえた鉄縄《てつなわ》で曳航《えいこう》しているのはまぎれもなく拿捕《だほ》されたはずの〈アホウドリ号〉。

「ど━━」

ひきつった喉《のど》の奥からバリーはうなった。

「どらごんっ」

社交的なマリアは、礼儀作法《さほう》にのっとっておたがいを紹介した。

「はい、おともだちのガーガちゃんでえすっ♡　ガーガちゃん、こちら海賊《かいぞく》さんたちだよう！」

第五章　ミッシング――うしなわれしもの――

1　古代都市をさがせ！

『天からサカナ!?　ドウェイクの王都にふったふしぎな雨と消えた海賊《かいぞく》！』

ほほう、とうなずいてサラは大衆むけのゴシップ紙の記事に眼をとおした。

「〝この珍事《ちんじ》により、王宮広場で予定されていた海賊バリー一家の処刑は中止。混乱に乗《じょう》じて同海賊たち四十一名が脱走、こつぜんとすがたを消した〟。なるほど、興味ぶかい」

「こりゃ、添乗員《てんじょういん》！　まだワシが読んどるんじゃ、よこせ」

「失礼、カデュアリ博士」

サラの手から新聞をとりかえし、カデュアリは片手にオートミールの鉢《はち》をかかえたまま「ふふん」と鼻をならした。

「ああ、こりゃ竜巻《たつまき》のしわざぞね」

「竜巻？」

ゆで卵を一ダースかかえてテーブルにもどってきた助手が聞き返す。

「うむ、竜巻《たつまき》じゃ！　海の上で竜巻がおこったんじゃろ。サカナごと海水をまきあげて遠くまではこんできたというわけぞね」

「へえー、そんなこともあるんですねえ」

カラをむいてさしだされたゆでタマゴを、老学者はさもあたりまえの顔をしてオートミールにまるごとつっこみ、ぐちゃぐちゃにスプーンでつぶし、かきまぜた。

サラはひかえめに眉《まゆ》をあげた。

砂糖入りのカラスムギのミルク粥《がゆ》にゆでタマゴは合わないのではあるまいか。

「おおい、オニオンスープ追加じゃ！」

ご老人、朝っぱらからまことによく食べる。

となりの助手が泣きそうなカオでこっそりとサイフの中身をたしかめている。

「添乗員《てんじょういん》、今日はシーカーの湖に行くぞい」

「魔術師です。湖にしずんだ古代都市ですね」

「そうじゃ！　おまえさん、ハナシがはやいのう。なかなか見どころがあるぞね。どうじゃ、添乗員なぞやめてワシの弟子にならんか？」

「いえ、けっこうです」

「即答せんでもよかろうに。愛想のないおなごぞね」

オートミールをからにすると、宿屋のおかみさんがはこんできたあつあつのオニオンスープに、うすぎりのパンをつっこんでズズーッとすする。

「きのうの地下墓地はいかがでしたか、先生？」

「ふむ、めぼしいもんはこれといってなかったぞね。あたらしい遺跡じゃからな、ま、あんなもんじゃろ」

「あの、もうお墓はこりごりです……。僕、迷子《まいご》になって死ぬかと思いました」

「墓を知らずして、先人《せんじん》の暮らしを知ることはできんぞね！」

カデュアリはまたひとつ、タマゴを「ぼっちゃん！」とスープに追加した。

金色のスープがテーブルにとびちる。

さりげなくサラは自分のカップをひきよせ、避難させた。

「だ、だって……なにかコワイじゃないですか先生。死んだ人がねむる場所なんて、なにか冒《ぼう》瀆《とく》してるみたいで……ああ、タタリにあったらどうしよう」

「なにをいうぞね、イアン！　死人に口ナシじゃ」

「カデュアリ博士。あなたは古代遺跡にとくに興味がおありのようですが」

「――シッ！」

ひそひそと声をおとして意味ありげにカデュアリは目配せした。

「おおきな声でいったらいかんぞね、どこにスパイがおるかもわからん。このワシのすばらしい研究を横取りしようとたくらむヤツらがいるにちがいない」

「…………」

サラは紅茶を一口のんだ。

「助手の方からお聞きしたのですが。最終的な目的は未発見の遺跡をみつけることですか」

「イアン、しゃべりおったなあ？」

「す、すいません、先生」

「フン、まあええ。いかにも、ワシの最終目標はソレじゃ。じゃが、ワシの自説は一味ちがうぞね！」

「どのように？」

きかれたことがうれしかったらしく、老学者は上機嫌にハエのように手をすりあわせながらつよくうなずいた。

「うむ！　まずはこれを見るぞね」

「地図ですね」

シミだらけの世界地図には、これまでカデュアリがサラの案内でまわった箇所《かしょ》もふくめ、あちこちに印がついている。

「世界のおもな遺跡と、その分布《ぶんぷ》じゃ！　ワシの研究によればじゃな、世界じゅうの遺跡には二とおりの傾向があるぞね。およそ一千年前をさかいにして、ハッキリとちがいが見受けられるんぞね！」

「ほほう。そのちがいとは？」

「文字ぞね」

「文字――」

サラは反論してみる。

「しかし、文字といっても地域によって差がある。単純に年代だけで区別はできないのでは？」

「無論ぞねっ」

むしろカデュアリはうれしそうだ。

「カンタの紐《ひも》文字、ロウコウやプイシャンやザイの絵文字、はたまた南ロッシシルン大陸の人間は文字そのものをもたんかった」

カデュアリの知識は正確だった。

サラは、このこぎたない奇人の学者をちょっと見直した。

「が、ここを見てみい。この三カ所じゃ」

はなれた場所の▲印をすばやく指でさし、

「これらはいずれも推定二千年から一千五百年前の遺跡じゃ。そこから共通の文字が発見されておる」

「信じられませんよねえ」

助手のイアンがすなおな感想を口にした。

「世界のはしとはしですよ。あまりに突飛《とっぴ》なんで、まともにとりあげる学者はいなかったんですけど」

「ぬぁにぃ、ワシがマトモでないとでもいいたいんかね、こりゃ助手！」

「め、めっそうもない！」

「どうやってそれを昔のものだと証明できます？　捏造《ねつぞう》だと決めつけられたら、それでおしまいです」

サラはさらにつっこんだ。

これにもカデュアリは即答した。

「虫ぞね」

「虫？」

「微生物ぞね。ワシはこれを〈オオムカシフシギムシ〉と名づけた」

ひねりもセンスもないネーミングである。

「ワシは**独自に入手**したこれら三カ所の発掘品《はっくつひん》から、〈オオムカシフシギムシ〉の化石を発見したんぞね！　こいつは数百年前にはもはや存在しとらん」

「**独自に入手**とは――犯罪では？」

「ふははは、犯罪と常識がこわくて学者がやれるか！」

サラは、学者の住まいに所せましとあふれていたあやしげな「発掘品」のかずかずを思い出した。

あれらはやはり不法に入手したものであったか。

「うちの先生、ああいうのに眼がないんですよ。こないだも、ピカンプス王のおまるとかいうのを買ってましたよねー？」

「うむ、掘りだし物だったぞね！」

「ピカンプス王は」

テーブルのかたすみに積み上げられたゴシップ紙をちらりと見ながらサラは冷静にいった。

人気連載小説『ピカンプス王のわくわく伝説』の見出しが見える。

「作家ファーグの創造上の人物では？」

「うっ。そ、それはともかくぞね」

あせってカデュアリは話題をかえた。

パンをひときれスープにぶちこむ。まだ食べる気らしい。

「ワシは、大昔にこの世界を変えるできごとがあったのではないかとニラんでおる！」

「たとえば？」

「地殻《ちかく》変動ぞね。もとはひとつづきであった陸地が、ひきさかれてバラバラになったんではないかとな」

「仮説としてはおもしろいと思いますが」

それほどの急激な変化が短期間におこったとは考えにくい。

ボロボロになったもう一枚の古地図《こちず》をカデュアリはひっぱりだした。

「それは？　やはり盗掘品《とうくつひん》ですか」

「世界最古の世界地図のうつしぞね。二千年前の」

「測量《そくりょう》技術はまだ確立されていません」

「ほうほう、ワシだってそれくらい知っとるぞね！　だが、それがもしあったとしたらどうじゃ？　プートの巨大な地上絵はどうじゃ？　はるかな高みからしか見えん巨大な図形を、古代人はどうやって描くことができた？」

「わかりました、あったという仮定でお話をうかがいましょう」

サラが譲歩《じょうほ》すると、

「ふたつの地図をくらべてみるがええ。ちがいがわかるじゃろう」

「はい先生！　大きさと形がせんぜんちがいます、先生！　ホントにおなじ世界にはぜんぜん見えません、先生！」

「…………」

ビタン！

と、いきなりスープを吸ったぐしょぐしょのパンがテーブルに投げだされた。

「わっ！　先生、食べ物をそまつにしちゃ……」

スプーンの先でカデュアリはそれを切りわけ、おもむろに指で左右からひっぱる。

あっ、とイアン助手が気づいて声をあげた。

「地図とおなじになった――！」

「そうじゃとも。いっけんちがって見えるふたつの世界も、こうすれば説明がつくぞね」

「………」

サラは、老学者がつけた地図上の印をじっとみつめた。

おなじ文字が発見されたというみっつの土地。

「聖域――」

それらはことごとく、聖域と呼ばれる場所と一致している。

「カデュアリ博士。このなかのひとつでしたら、すこしはコネがあります。運がよければ遺跡の内部まで見られるかもしれません。行ってごらんになりますか？」

「なにいっ、ホントけっ!?　おう、行くいく、行くとも！　で、そりはどこぞね、添乗員《てんじょういん》!?」

サラは地図の一点に、ビシリとゆでタマゴを立てた。

「ゴルダ砂漠《さばく》。〈調停者〉の墓地です」

*

魔術師組合本部、チャクン・ハリ。

「四十一人！」

赤の長老ユーマは闘犬《とうけん》のようにうなった。

「四十一人の海賊《かいぞく》とむすめひとりだと!?」

「そうです、ユーマさま」

「それはたしかにあの若造《わかぞう》、エイザード・シアリースの弟子がやったことか！」

「ほぼまちがいないかと……」

こたえる側近《そっきん》のひたいにも汗が浮いている。

「ゼア＝カーゼルディエト。あなたがついておりながら、なんという勝手をゆるされたか！」

「本名で呼ぶな、照れるじゃないか」

するどいユーマの問いにも、のらりくらりとはぐらかすように磊落《らいらく》な笑みを浮かべ、カーゼルディエトはそばの鉢植《はちう》えの葉をなでた。

「みろ、コワイ声をだすから蘭《らん》がおびえている。おお、よしよし。だいじょうぶ、コワくありまちぇんからねえ」

「くっ」

実家にもどりたがっている若妻のように青ざめた側近をさがらせると、灰色の髪の老婆《ろうば》は肩をいからせ、この男と正面からむきあった。

まさに闘いの合図をまつ闘鶏《とうけい》のごとく。

「理由をおきかせねがえましょうや？　尊《とうと》き祭司《さいし》よ」

わざとバカていねいにたずねる。

「おまえたちはややこしく考えすぎる。もっと単純に考えてみてはどうだ？」

「単純。単純と申されるか！　これは笑止《しょうし》！」

「エイザードはかつて剣にその身をささげておったというな？」

「さて、存じませぬが。私がいま問題にしているのはあの男のことではなく――」

「その弟子ファリス・トリエはどうだ？　剣の道から転職した」

転職、ということばにユーマがにがい顔をする。

「サラ・バーリンは親をなくしている。一族の後継者として期待されているのはダナティア・アリール。そしてマリアは、婚約者をうしなっている」

「…………」

カーゼルディエトの意図《いと》をはかりかね、ユーマは口をとざした。

「行き場をなくし、あのむすめらは〝楽園〟に居場所をもとめた。それはそのままエイザード自身の境遇《きょうぐう》と似てはいまいか」

「人生の目的というものをしっかり見据《みす》えておりさえすれば、居場所などおのずと定まるもの。ヤツらには計画性がないのです！」

黒衣の男はかすかにほほえんだ。

「だが、根性はある」

「ヘソ曲がりなだけでございましょう」

「この世界は水面《みなも》にうつる影のようなものだ。いや、どちらが影なのかはわたしにもわからぬ。だが、ひとつだけたしかなことがある。エイザードにしろ、あのむすめたちにしろ、その出会いは偶然などではない」

「それはあの者たちを甘やかしていいという理由にはなりませぬ」

「無論だ」

カーゼルディエトは即答した。

「いかなる世界にも則《のり》は必要だ。それがために、われわれはみずから魔術そのものに制約をもうけた」

「そうです！　その制約をあの小娘——〝楽園〟のマリアはやぶりおったのです！　まるで、べ——」

便所紙よりもぞんざいに——といいかけ、さすがにはばかられて赤の長老はグッとこらえた。

　相手のほうがはるかに位《くらい》が上だ。

「便所紙か。ははは！」

「くっ！」

「真実の名のもとにわが組合とかわした誓約《せいやく》を、一介《いっかい》の術者がおのれの意志でやぶることが可能か？　ユーマ」

　ぎょっとしたようにユーマが眼をみひらいた。

　そういうことだ、とうなずき、

「ふつうに考えてそれは無理だ。契約もない魔術を中級ていどの術者が勝手につかえるわけがない。ましてや数十人の人間をつれて跳《と》ぶことなど」

　彼は蘭《らん》の葉をはなし、窓辺に歩みよった。

　漆黒《しっこく》のローブが石の床をすべり、黒銀の糸を織《お》りこんだ帯がにぶく光る。

「さて、それではどちらだと思う？　なんらかの存在があのむすめに手を貸したのか？　それとも、すでにあのむすめがじっさいの階級を上回るほどに成長しているのか？」

「………」

　どちらも、腹をかかえて笑えるほどたのしい考えではなかった。

「わたしにそれを判断する力はない。わからぬものに責任をとれといわれてもな。身におぼえのないこどもを認知《にんち》しろと迫られるようなものだぞ」

「ゼア＝カーゼルディエトっ！」

「冗談だ」

「笑えませぬ！」

「ああ、はやく楽隠居《らくいんきょ》になりたいものだ。名誉《めいよ》長老なんぞ、なーんもいいことはないわい」

「あなたの曾孫《ひまご》弟子のことですぞ⁉ 海賊《かいぞく》をとりにがした当のドウェイクからは、非公式にさぐりを入れられました！　あれは組合の魔術師が関与《かんよ》してのことではないかと！」

「関与していようがいまいが、ドウェイクにはどうすることもできまいが？」

肩をすくめてぬけぬけとカーゼルディエトは言い切った。

「それでもまだキーキーやかましくさわぐようならこう言ってやれ。当組合には、それだけの術を行使できるヒラ魔術師はおりません、とな！」

それは事実だ。

事実だが、それだけにユーマはおもしろくない。

「……いったい、どうすればよいのか……。もはやあのむすめたちは、われわれの手には負えませぬ」

「たしかに。なにをしでかすかわからんからな」

声をあげて彼は笑った。

「ハイハイをおぼえたての赤子よりも油断がならん。長いこと生きてきたが、こんなにゆかいなことはひさしぶりだ。死ぬ前によいみやげ話ができた」

「そのようなことは、たとえ冗談にでも口になさるものではありません」

真摯《しんし》な口調でユーマがつぶやいた。

「ありがとよ、銀髪《ぎんぱつ》のお嬢《じょう》」

伝法《でんぽう》な口をきき、すばやく片目をつぶってみせる。

「なに、すぐに旅立つわけでもない。この老いぼれの生も、運がよければまだまだ数十年はつづくだろう。せめて、そのあいだにグィエンの心残りをどうにかしてやればよいのだが」

――わが同胞《どうほう》と、いとしい子らのために。

＊

「隊商《キャラバン》のとおる道すじには、およそ二〇キロおきに隊商宿があります」

だだっぴろい砂漠《さばく》のどまんなかで、〝楽園〟の魔術師が無表情に説明している。

「これは徒歩でも人間が一日に砂漠をすすめる距離です。

隊商宿の名物はハト料理。どこでも食用に鳩舎《きゅうしゃ》をもち、ハトを飼っております。

あちらに見えますのが涸《か》れ河。いまはかわいていますが、そろそろ雨期《うき》ですから雨がふるとい。ながされたら確実に死にます」

なんだかんだといいながら、添乗員《てんじょういん》の役にハマっているサラ・バーリンであった。

「こ、こりゃ、添乗員……！　まだつかんのか⁉」

「もうすぐです」

「さっきもそう聞いたぞね」

「まばらに木が見えてきましたから、ルフ・エルの砦《とりで》まではもうすこしです。ゴルダの聖地を管理しているのは砂漠《さばく》の民《たみ》、ルワス一族。まずは彼らに許可をとらねば」

あごをつきだし、暑さにへばりながら杖《つえ》にすがって歩いていた助手が、ふと灌木《かんぼく》のほうに眼をやり、ぎょっとしたように叫んだ。

「ああっ、先生！　あれはなんですかっ⁉　なんか黒い動物が木にのぼってますっ！」

「むっ？　あれは木登りヤギぞね」

「先生、あれは⁉　なんか白い動物が木にひっかかってますっ！」

「あれは――」

トビネズミぞね、といおうとしてカデュアリは口をつぐんだ。

ちがう。あんな動物は見たことがない。

「あれはなんじゃあ？」

「ごくちゃんです」

重々しくサラがこたえた。

はむはむと木の枝をかじるヤギたちのあいだにまじって、師匠《ししょう》エイザードの使い魔が砂漠の風にゆれていた。

「ごくちゃん」サラは呼びかけた。

「………」ごくちゃんは、返事をしなかった。

ミノムシのようにぷらぷらと枝にぶらさがってゆれている。

瞑想《めいそう》する詩人に似て、どこか哲学の香りすら感じられた。

これぞまさしく無我《むが》の境地であろう。

しかたなく、サラは近づいた。

枝にからまったタコよろしく漫然《まんぜん》と木の上にいるごくちゃんを回収すべく、木登りヤギのあいだをかきわけて手をのばしたそのとき、涸《か》れ河の底を打つ騎馬《きば》のひづめの音が滝の音に似てひびいてきた。

いっせいにヤギたちが木からとびおり、はねながらすがたを消した。

崖《がけ》をなす岩場の陰から青黒いターバンと上衣をまとった一団があらわれる。

風のように駆ける砂漠の民。

「そこでなにをしている、外国人《ファランジ》！」

先頭の若い男が声をはなった。

「ひえっ！」

男たちの腰にある短剣と湾刀《わんとう》におびえ、助手がそそくさと学者の背にかくれる。

「ごきげんよう、古き砂漠《さばく》の方々。北の風のめぐみがあなたがたの頭上にありますように」

「そなた――その動物は」

なんとも複雑な表情でごくちゃんを見やると、

「失礼した、西の魔女どの」口元をおおっていた布をおしさげ、「いそぎの途中ゆえ、馬上より失礼する。何用《なによう》があって参られた？」若きルワスの首長はサラにたずねた。

「あなたがたにお願いがあって。いそぎとは――なにか大事でも？」

「獣《けもの》を追っている」

「獣？　また聖地の番人が？」

サラはわずかに首をかしげた。

いまからちょうど二年前のことだ。

以前、砂漠の聖地をまもる獣たちは、盗掘者《とうくつしゃ》がうっかりとその封印にふれたために砂漠に野ばなしになり、「恐怖の砂ナマコ（命名・ダナティア）」と化してひとびとを震撼《しんかん》させた。

その聖地の番人がふたたび暴れだしたのだろうか？

「いや。聖獣《せいじゅう》ではない、見たこともない獣だ。人が襲われたという話はまだきかぬが、民が動

揺している。正体をつきとめねばならん。そちらの願いとは？」

老学者とその助手に、うさんくさそうな、非友好的な眼をむけながら長《おさ》はきいた。

「聖地への立ち入りの許可をいただきたく」

一瞬、ルワスの長ヤトゥル・ジャーナーンは部下たちと眼を見交わし、即座に決断を下《くだ》した。

手をさしのべ、

「ならばともに参られよ。われらは聖地の方角へむかっている」

はっきりと告げた。

2　調停者の影

「おおお、見よ、助手よ！　あのすばらしい大門を……！　ワシの説にまちがいはなかった、これまた一歩真実にちかづいたぞねえええええっ!!」

「ときに、魔女どの。あのファランジは何者か？」

やかましくさわぎたてるカデュアリに業《ごう》を煮やし、ひくく長はたずねた。

ひねり殺してやりたいとその黒い瞳がいっている。

「学者です。――博士、すこしおしずかに。ここより先はすでに聖域です」

「なにをいうぞね！」

興奮状態にあるカデュアリはきいていない。

「あの門こそは、かつてこの地がひろく交易《こうえき》の拠点《きよてん》であったというまぎれもない証拠――！　地形の変化が、いまの砂漠化《さばくか》をうながしたんぞねっ。かつては緑ゆたかな土地であったはずぞねっ。そうであろう、そこの若者よ！」

「――〝詩歌《しいか》をよくする者、言霊《ことだま》つかいの呪術師《じゅじゅつし》、いずれもひとつの名をもちたるが、その意味するところは処女《おとめ》と老婆《ろうば》ほどのちがいがある〟」

ぼそぼそと母国語でことわざをつぶやき、

「いかにも、ご老体《ろうたい》。そのように伝承はつたえる。〈調停者〉の治世にありて、この地はそのめぐみ《バラカ》に満たされていたと」

カデュアリに対しては西の言葉で長は返答した。

若者呼ばわりされたくらいでは、ほこりたかいこの砂漠の族長はキレたりしない。

これまでさんざんっぱらに言われつづけてきたからだ。

「だが、この地に住まう者たちへの侮辱《ぶじょく》ならば聞き捨てならん。かつてはゆたかであった、といわれたか？　すぐにそなたらファランジはわれらを蛮族《ばんぞく》と決めつけ、異国の風習と伝承をただの閨《ねや》がたりにおもしろおかしく語ろうとするが、それは迷惑だ。われらにとって砂漠こそがわが家、わが暮らし。好奇心で家をのぞかれてゆかいに思う者はおらぬ。ひかえられよ」

超訳《ちょうやく》すれば、

『呼びもしてねえのにぐちゃぐちゃうるせえぞこのジジイ、恥《はじ》を知れ』

といったところであろうか。

さすがにカデュアリもしずかになった。

お愛想のつもりなのか、

「西の言葉がお上手《じょうず》ぞね〜」

などといった。

ヤトゥルは返事をしなかった。

だれに言葉を教わったかなど、わざわざ説明してやる気もない。

変わり者の物書きだった。この地に住みつき、数年ののちに落馬で命を落とした。

砂漠《さばく》の星のうつくしさになみだし、女たちの黒髪と美徳をほめたたえ、自分は生まれる場所をまちがえたと大げさになげいていたが、軟弱な男という印象はいまもかわっていない。

ただ彼がヤトゥル・ジャーナーンのなかにのこしたものは、弱き者のなかにも一片の見るべき価値はあるという、物の見方であった。

異国の物書きの語る言葉はうつくしく、それゆえに砂漠の民《たみ》は彼を尊敬した。

「この地で弱き者は生きられぬ」

「だからこそ困っている者に救いの手をさしのべる——生きぬくために。相互扶助《そうごふじょ》ですね」

長《おさ》のひとりごとにサラが淡々とこたえた。

「暮らしがゆたかになるほど、人の距離ははなれていく。たすけあわずとも生きていけるからです。どちらがよいという気はありませんが」

いねむりをこいているごくちゃんを手のなかに抱きながらつづけた。

「人を知るというのは興味ぶかいことです」

「そなたが知りたいのは過去のことがらではないのか、魔女どの」

「おなじです。過去も現在も。すべてはひとつの盤の上にある――。ところで、ルワスの族長どの。その例の獣《けもの》がこちらにむかったというのは」

「まちがいない」

「ここまで一度も見かけませんでしたが、すでに別の場所へむかったということは？」

「ならばよいのだが」

夕陽が砂漠を朱《しゅ》に染めていた。

なかば埋もれた古い石の門を、金色がかったピンクにかがやかせ、かげろうのなごりを道づれに聖域の太陽はしずむ。

「そなたの魔女としての力でさぐれはしまいか？」

「できません」

わずかにとまどうようにサラは首をふった。

ルワスの族長がそれをわずかなりと当てにして自分をつれてきたのはわかっていた。

「試してはみたのですが、あまりに曖昧《あいまい》すぎる。これは相手の力が強力なのか。それとも――」

「それとも?」

「あるいは、この世の理《ことわり》の外にあるものなのではないか……と」

鞍《くら》の上で、サラの前にある族長の背が緊張した。

ふるえたように思えた。

「まさか、実体をもたぬ霊であると――!?」

「ただの憶測《おくそく》にすぎません」

「族長!」

せっぱつまった声が、長《おさ》の注意を前方にひきもどした。

「あれを――!」

聖なる墓所のそばにうごく影がある。人ではない。

そこまで一瞬で見てとると、ヤトゥルは馬の腹に蹴《け》りをいれ、

「油断するな、三騎はその場に待機せよ! カサフ、ルマド、墓所の後方へまわりこめ!」

だれよりもはやく一団をとびだし駆けた。

たちこめる砂ぼこりが、聖域での異変に紗幕《しゃまく》をかけていた。

もつれあい、ひとかたまりになって争っているのは獣《けもの》だ。漆黒《しっこく》の長い尾と、白いたてがみが残照《ざんしょう》のなかに照り映《は》える。

どちらのものともしれない四肢《しし》がめまぐるしくひらめき、砂を散らした。

(これは)

一方はこの聖域の番人。黒き豹《ひょう》。

そしてもう一方は——。

(これはなんだ?)

奇妙な獣だった。

獅子《しし》のようなたてがみと、長くするどい牙《きば》がかろうじて見分けられた。

「〈調停者〉のしもべにしてルワスの末裔《まつえい》、ジャーナーンが息子ヤトゥルがここに申し上げる!　聖域の守護者《しゅごしゃ》よ、そはわれらが敵であるか!」

族長のはげしい声に、双方の動きが停滞《ていたい》した。

二種の獣はたがいにとびのき、油断なく姿勢を低くしてうなりをあげる。

「族長どの、墓所の扉が……!」

扉がわずかにひらいている。サラのことばにヤトゥルがハッと身をかたくした。

瞬間、白い獣が地を蹴った。

「ふせて！」

かろうじて族長の前にとびだしたサラと、ヤトゥルの頭上をはるかにとびこえ、白き異形《いぎょう》の獣《けもの》は濃いたそがれのなかにまぎれる。

と、そのすがたがまばたきひとつのあいだにスウッと溶けて消えた。

「なに⁉」

雪よりもすみやかに、まるではじめからなにも存在してはいなかったように。

「ばかな……」

「族長どの」魔術師の杖《つえ》を片手で横にかまえたまま、サラは告げた。「あれを」

ヤトゥルが息をのんだ。

このゴルダの聖地を守護《しゅご》する番人、黒き獣が一体のこらずそこにいた。

埋没《まいぼつ》しかけた遺跡の背後から、砂のあいまから、闇に生まれたばかりのようにつややかに濡れて見える双眸《そうぼう》と毛皮をそなえた守護者たちがすがたをあらわした。

まさしくかれらは聖獣《せいじゅう》であった。人智《じんち》の埒外《らちがい》にあるものたちだ。

畏怖《いふ》にうたれ、身動きもできない。

それをやぶったのは、馬からとびおりた際にサラの腕からころがりおちたごくちゃんであった。

パチリとつぶらな瞳をみひらく。

「………」

ごくちゃんは、鴇《トキ》色の翼をひろげ宙に舞いあがった。

「ごくちゃん――」

バッサ、バッサ、とコウモリに似たうごきで砂漠《さばく》の墓所へとまっすぐにむかう。邪魔《じゃま》だてするものはなかった。黒き獣たちは戦いの酔いからさめたようにみずからしずかに道をゆずった。

「ごくちゃん！　ちょっとまちたまえ」

つられてサラがあとを追った。

ふだんは動じることもないこの秀才にとっても、これはまさに予想しえない事態であった。

巨大な墓所の扉は音もなくひらいた。

黄金の封印が継ぎ目もわからぬほどにほどこされている。内部が荒らされたという形跡はなかった。

にぶい光をはなちながら白い使い魔のえがく飛行の軌跡《きせき》をたどって、サラは見るともなしに眼をあげた。そしてそこに刻まれた文字をはっきりと理解した。

『――われらはこの地を去り、
　やがて完全にその痕跡《こんせき》を消すであろう。

すべて天地《てんち》神明《しんめい》の定めなれば、
子らよ、それをけして哀しむなかれ』

第六章　海賊の砦

1　襲撃前夜

はいけい　お師匠《ししょう》さま。

お元気ですか?

マリアはいつも元気です。

いま、海賊船《かいぞくせん》〈アホウドリ号〉のなかでこれを書いています。

海賊さんといっしょにジェイルさまをさがしにいくことになったんだけど「とても物資《ぶっし》が足りねえ」ってすんごいシンコクな顔で船長さんのバリーさんがゆうの。

どうして?　ってきいたらね、なんでもー、以前もってた砦《とりで》をほかの海賊さんに横取りされちったから……なんだってー。ひどいよねえ?　ひとのモノをとるのはドロボウのはじまりなのにねえ。

だからマリアゆったの。

「んじゃー、とられたものをとり返せばいいんだよねっ♡」

海賊《かいぞく》さんたちもすごくよろこんで、泣きながらさんせいしてくれました。

ええと、そうゆうわけで、ポワンソン砦《とりで》とゆーところまで鬼退治――じゃなかった、べつの海賊さんを退治しにいくことになったの。

明日は襲撃です。うわー、なんだかドキドキするよう。

縫《ぬ》い物もおわったし、準備はばんたんです。それじゃマリアあしたにそなえてそろそろ寝ますね。

おやすみなさい！

マリアより♡　けいぐ

2　ポワンソン砦奪還《だっかん》

海には七つのふしぎがある。

とりあえず三角岬《さんかくみさき》より直進半日、ひだりに曲がって南西方向、手前から三軒目のガーシュ洋沖のこのあたりで「七ふしぎ」といえば、
①海の矛《ほこ》、ネーヨンズ岩
②海をわたるハイタイガ蝶《ちょう》

③空飛ぶサカナ、ビヨンド

～中略～

⑦神出鬼没《しんしゅつきぼつ》の屋台舟《やたいぶね》〈夜鳴き屋《よなきや》〉

――である。

さて、とある深夜のこと。

その七番目のフシギ〈夜鳴き屋〉の舟がひさしぶりにポワンソン砦のそばをとおりかかった。

ぴ～ぷー。ぱ～ぷー。

哀愁《あいしゅう》をおびたラッパの音が洋上の風にまじってひびいてくる。

「おっ、〈夜鳴き屋〉じゃねえか！　めずらしいこともあるもんだ」

「だれかはやく呼びとめろ！」

一度食べたらわすれられない、まぼろしの屋台舟だ。夜番《よばん》に当たっていたポワンソン砦の海賊〈赤虎一家《あかとらいっか》〉のみなさんは色めき立った。

「おおーい、〈夜鳴き屋〉ぁ！」

カンテラの灯《ひ》をふって合図をおくる。『出前たのむ』。黒い海面から、ちかちかと〈夜鳴き屋〉の返事がかえってきた。

『出前はムリ。ご来店されたし』

「ちぇ、しょうがねえ。あのガンコおやじ、ぜってえに出前してくんねえんだもんな」

「そこがまたいいんじゃねえか」

「激レアってカンジでよ」

「そうそう、知ってっか？　たまたま〈夜鳴き屋〉の麺《めん》をめしあがった帝国の大貴族がよ、いたく感動してウチの専属にならねえかって声をかけたらしいんだがな。ゲンさん、キッパリとことわったってよ！　いくら金をつまれてもあっしは海の〈夜鳴き屋〉でござんす、海をはなれたらただのヒモノになっちめいやす、どうぞご勘弁《かんべん》を――ってな。漢《おとこ》だねえ」

「ああ、漢だぜ」

海の漢、〈夜鳴き屋〉のガンコおやじはその名をゲンさんという。

「らっしぇい」

湯気のたつ釜《かま》から顔もあげず、ゲンさんは客にむかってボソとつぶやいた。

角刈《かくが》りのアタマにねじりハチマキ、きりりとした一直線のマユが男らしい。

手こぎボートでのりつけた〈赤虎一家〉の構成員たち五名が、

「う〜っ、さみいっ。そろそろ夜はひえるねえ。おやじ、海峡麺《かいきょうめん》一丁くんな」

「オレは牛《ぎゅう》メン」

「酒もつけてくれ。熱燗《あつかん》でな」

いそいそと縄《なわ》のれんをくぐった。

こちらはそろいのユニフォームともいうべき真っ赤な開襟《かいきん》シャツ、背には黒々と染めぬいた〝虎〟の文字。パイレーツキャップは黒。やはり黒のだぶだぶズボンがなんだかいかにも「ガラがわるそー」である。

もちろんアクセはシルバーのがいこつ《スカル》だ。

「いらっしゃいませえ～♡」

「おっ。なんでえ、女の子たぁめずらしいな。ゲンさん、むすめさんかぁ？」

「かわいいコじゃねえかっ」

「名前は？」

「マリアでーすっ！」

割烹着《かっぽうぎ》をつけた少女がお盆を手に、彼らの前にせっせと手際《てぎわ》よくつきだしを配った。

ふろふき大根と、ジャコと菜《な》っ葉《ぱ》のピリカラいためである。

「おっ、これこれ。寒いときゃあ根っこモノにかぎるねえ」

「なんで根っこモノがいいんだ？」

「知るかよ。いいモノはいいんだよ。お、まってました海峡麺っ！」

〈夜鳴き屋〉特製ヌードルは、大きくわけてふたつ。太麺の小麦麺と細めんの米麺である。

「この白くにごった牛メンのサッパリ感がたまんねえ」

という者もいれば、

「はかなげな細メンと魚貝《ぎょかい》ダシのまったりとしたからまりぐあいが最高だぜ」

　という者もいる。

「いつもフシギに思うんだがよ、オヤジさん。サカナと貝はともかく、あんたどうやっていつもこのリッパな牛《ぎゅう》メンのダシとってるんだい？　牛なんてどこから調達すんだ、こんな海の上でよう」

「そうだよなア。でっけえシップなら、デッキでブタとかヒツジとか飼えるけどよ。どう考えてもこの小舟じゃ無理だろ。しかも牛」

　牛メンはテールスープ、味付けは塩とコショウのみ。

　ごまかしのきかない素材勝負の味だ。

　ゲンさんは、背中ごしにチラリとだけ角刈《かくが》り頭をさげるようなしぐさをして、

「そいつはどうかカンベンしてください、お客さん」

　ぶっきらぼうに低音で応じる。

　こういうところがまた「通《つう》っぽい」と客にウケる所以《ゆえん》だった。

　ゲンさんは多くを語らず、かぎりなく庶民《しょみん》的な料理で万人《ばんにん》をうならせ、泣かせ、笑わせる。

　彼の評判をききつけた某宮廷《ぼうきゅうてい》料理人が勝負を挑《いど》んで惨敗《ざんぱい》し、マイ包丁《ほうちょう》とともに割腹《かっぷく》自殺をはかった——とか、ゲンさんはヒミツの牧場を海中にもっているのだ——とか、まことしやかな伝説すらもささやかれるくらいだ。

「ううむ。しぶいぜえ、ゲンさん……」

〈赤虎一家〉の面々は感じ入《い》ったように頭をふった。

「うめえ。うめえよ、ゲンさん！」

「ああ、おりゃあ、もういつ死んでもいいや」

ゲンさんの舟は、かぎりなく屋形舟《やかたぶね》に似ている。

あかあかとオレンジ色の灯《ひ》がともる〈夜鳴き屋〉のせまい店内で、ひとはみな我が家にもどったかのようなひとときのやすらぎを手に入れるのだった。ぽかぽかとほどよく酒もまわってきた。

「おっ？　その〝カブト〟ってのはなんでえ？」

店主のうしろにかかっている木の札《ふだ》に眼をとめて、赤シャツのひとりがたずねた。絵文字だ。

「サカナのカブト煮」ボソ、とゲンさん。

「おう、じゃそれもひとつ！」

「カブト煮一丁」

「はぁ〜い、レサちゃん、カブト煮いっちょう〜！」

奥からでてきたもうひとりの娘がニコリともせず、

ドン！

と巨大な皿を男たちのうしろから置いた。

「うおう、なんだこりゃ⁉」

「カブト煮じゃ」

しょうがの香りもすっきりと立ち、ほどよく照りのついたソレはまさしくカブト煮——豪快なサメのカブト煮であった。

椅子《いす》を蹴《け》って立ちあがりかけた男たちのテーブルに、髪からひきぬいたかんざしをドスリとつきさし、動きを制すると、割烹着《かっぽうぎ》の美人はそこではじめて笑った。海の荒くれ男どもを芯《しん》からふるえあがらせる百戦錬磨《れんま》の強者《つわもの》の笑みだった。

「どうした、遠慮《えんりょ》せず喰えや？　いつ死んでもええ、さっきそういうたじゃろうが」

〈赤虎一家〉の手下五人の衣服をはぎとって縄《なわ》でぐるぐる巻きにすると、

「おじちゃん、どーもありがとうっ！」

「すまねえなぁゲンさん——カタギのあんたに、こんなことたのんじまってよう」

マリアと、バリー一家の手下その一、おやっさん（船頭《せんどう》に化けていた）が礼をのべた。

すでにちゃっかりと〈赤虎一家〉ユニフォームを拝借《はいしゃく》している。

「いや」

愛用の包丁《ほうちょう》〈むさし丸《まる》〉を研《と》ぐ背中は、ふりかえらなかった。

「この礼はいつかかならず」

「いらねえ」

「いや、それじゃああんまりだ。せめてわしらの気のすむようにさせてくれ」

「先代にゃ世話になった」

ふっ、と包丁を研ぐ手をとめ、

「またあっしの舟に来てくれりゃいい。四十四代目につたえてくんな。あっしはこの手がうごくかぎり包丁をふるう。だからあんたさんも背中みせちゃいけねえ、最後までオトコの心意気、みせておくんなせえ、と。〈赤虎一家〉のあたらしい用心棒《ようじんぼう》には気をつけなさるがいい、かなり手ごわいと聞いている」

「ゲンさん……」

「左はしの席はいつでも空《あ》けとく」

生きて帰れ、と彼はいっているのだ。

なみだをこらえ、深々と、おやっさんは腰を折って屋台舟の亭主の背に頭をさげた。

「そんなにしめっぽくされちゃあ麺《めん》がのびっちまう。お行きなせえ」

どこまでもしぶいゲンさんであった。

「ボート出すぜよ！」

レサの声が彼らを呼んだ。

ぱらぱらと夜陰《やいん》に小雨《こさめ》がふりはじめた。

「おう、やっともどってきやがったか——！　おい、おせえぞおまえら!!」

「ちくしょー、いい思いしやがって。つぎこそはジャンケン負けねえからな」

屋台舟《やたいぶね》からもどってきた仲間に、ぶーぶーと門前の居のこり組ふたりがモンクをいった。

「おーい、交替だ、門をあけろ！」

ギイギイと音をたてながら門がひらいていく。

「や、すまねえな……」

雨ガッパを頭からかぶり、ゴホゴホと咳《せき》をしながら聞きとりにくい声でひとりがこたえた。

「おっ、なんでえ？　三人しかいねえじゃねえか。ふたり足りねえな」

「ん。ちょっと、な」

「ちょっとなんだよ。まさかまだ意地きたなく食ってやがるわけじゃねえだろうな？」

「じつはな、ここだけの話……ちょっと耳かせ」

「あん？」

うたがいもなくツツッとすなおに上体をかたむけた赤シャツの耳元で、

「おめえらの悪事もここまでだぜ、〈赤虎一家〉の」

「なにい!?　ぐわっ」

雨ガッパのひじがあがり、見張りのあごを気持ちよく打ちあげた。

「わあ、おいちゃん、やるうっ♡」

「へ、ムカシとったなんとやらな」

「て、てめえら何者だっ⁉」

「名乗るのもおこがましいが、知らざあいって聞かせやしょう。ツルは千年カメは万年、うちの親分は数えて四十と四代、発祥《はっしょう》の地ははるか南、バラルトン海――」

「長いっ！」短気なレサがつっこんだ。

「ほいじゃ中略して――人呼んで〈バリー一家〉の生き字引《じびき》、もどりガツオのゼオ！　通称〈おやっさん〉とは手前のことだあっ」

（カツオだったんだあ）

マリアは感動した。

「ちなみに趣味はパッチワーク！」

だれも聞いてない。

あわただしくしまりかけた門扉《もんぴ》にガッと銛《もり》の柄《え》をつっこみ、レサがこじあける。高々とあげた足が容赦《ようしゃ》なく門を蹴《け》りやぶった。

ドカン！

「どけや、ザコぉ‼」

三秒フラット。

声もなく地面にしずんだ赤シャツ軍団のポケットをさぐり、

「あったぁ！」

マリアが高々とカギ束《たば》をさしあげた。

「こっちはかたづけたぜよ。魔女どの、合図を！」

「うんっ」

万能《ばんのう》買い物カゴのなかからマッチをとりだし、しゃがみこんで筒《つつ》を固定すると、マリアはそれに点火した。

しゅるるるる……パーン！

海に浮かぶ海賊砦《かいぞくとりで》をしらじらと照らしだし、その真上であざやかな花火が咲いた。

「アッ。花火があがったわッ、合図《あいず》よ、みなさぁんっ！」

見まごうことなきあの花火はマッドサイエンティスト＝サラのお手製にちがいない。

ごくちゃんガラの白い炎がキラキラと光って海原《うなばら》に落ちていく。

「いいこと、しっっっかりつかまっててねん」

標高百メートルの海の道標《みちしるべ》、海の矛《ほこ》と名づけられた奇岩《きがん》の上から、ハガネ色の翼をバサリとひろげ、ドラゴンは飛びたった。

おとぎばなしのコウノトリのごとく首から袋をぶらさげている。

「お、お、お、おおお……っ！」

「おかしら？」

「おりるっっ。オレはおりるぜ、おろしてくれ、ちくしょ――――っ!!」

「あぶねえッス、おかしらぁっ！　あばれちゃ落ちるって！」

死にもの狂いであばれるバリー。

袋のゴンドラのなかにひしめきあう子分たちが、必死でそれを止めにかかる。

「アラアラ」

くすくすと若い娘のようにドラゴン（オス、推定年齢六十歳、まだまだ青春まっさかり）は笑った。

「元気がよくていいわねエ。ンまー、お若い方はホントにうらやましいわあ。その気持ちはワカルけど、だいじょうぶ。そのうちなれるから♡　はじめはイヤがっててもね、そのうちこのスピードと刺激がカイカンになるの。うふふふふ、そうよ、アタシが保証するわ」

(なぜオネエことば――!?)

だれもがおなじ疑問をいだいた。

ヒトとしてただしい疑問であった。

人間でいえば確実にアニキ。ムチムチの筋肉と剣よりもかたいウロコで全身を鎧《よろ》うこのドラゴンの名はガーガ。由緒《ゆいしょ》ただしい最速をほこる竜の一族リンドブルム部屋所属、〃竜の巣〃出身。

スピードジャンキー独特のかすれた声をあげ「ホホホホ‼」とガーガは高らかに吠《ほ》えたてた。

耳元でゴウゴウと音をたてて風が矢よりもはやく吹きすさぶ。

「か、変わった知り合いがいるんだなあ……あのチビ」

「アタシは〃楽園〃のみなさまに恩義があるの。義《ぎ》を見てせざるは勇《ゆう》なきなり、っていうでしょお～？　あなたがた、運がよかったわー。マリアちゃんのオトモダチじゃなかったら、とっくにプチよ、プチ」

「プチ」の意味は、わざわざ説明してもらわなくてもなんとなく想像がついた。

この巨大なドラゴンにとっては人間などまさしくノミのようなものだろう。

「うおおおおう、死ぬ、死んじまう……っ」

バリーはほとんど白眼《しろめ》をむいてぴくぴくとケイレンしている。

「しっかりっ、おかしらぁ！」

「ねえ～？　ところで」

舌なめずりせんばかりにドラゴンがたずねた。

「その砦《とりで》にヒカリモノはあるのかしらぁ？」

「ひ、光り物――?」

「青魚のこっちゃねえか……? サバとかコハダとか」

「あっ、そうか」

「ちがうわよ～うっ」ムッとした声でプリプリとガーガ。「ナニいってんのッ、ヒカリモノといえばお宝に決まってるでしょーお!? もう、信じらんなぁーい!」

カラスとドラゴンは、ヒカリモノに目がない。

宝、ということばに〈弱虫バリー〉がハッと一瞬だけ正気《しょうき》にもどった。

「お、おうっ。頭の赤ひげの野郎、しこたまお宝ためこんでやがるはずだぜ。ヤツぁがめついからな、子分にもキチンと分け前やらずにいるにちがいねえ……。くそう、オレらの砦を好き勝手につかいやがってっ。他人《ひと》のフンドシでスモウをとるたぁ、このことだぜ」

「あるのね? あるのね、ヒカリモノがっ! イヤン、んもーう、アタシはりきっちゃうっ! ……で、モノは相談なンだけどォ。五・五でどうかしらン?」

がめつさだけは伝説どおりの「お宝《アナタ》と出会うために生まれてきたの♡」ドラゴン、ガーガであった。

＊

「ありゃあなんだあっ!?」

屋上の見張りが夜空をあおぎ、叫んだ。

それは前ぶれもなく上空にあらわれた——ように見えた。

あまりにすばやく、あまりに巨大であった。

滞空《たいくう》したその影から、バラバラと小雨《こさめ》にまじってなにかが投下された。

「ば、爆弾か!?」

ちがった。

それは人間であった。

ムササビのように風にふくらんだ布の袋を背負い、ぎゃあぎゃあと怪鳥のごとき悲鳴をあげながら決死の落下《らっか》傘《さん》部隊は落ちてきた。天地でハモるように絶叫が交錯《こうさく》した。

「ぎゃあ——!?」(←来るな、の意)

「ぎゃぎゃ、ぎゃあああああ——っ!?」(←そこをどけ、の意)

ヒトが原始にもどる瞬間であった。

門をやぶった下からの一団——マリア&レサ、おやっさんは、すでに砦《とりで》の深部に侵入していた。

「せからしい!」

顔にむかってとんできた片手斧《かたておの》を頭をさげてやりすごし、

「返すぜよ」

柱につきたった凶器をひきぬき、投げかえす。

風車《かざぐるま》のように回転しながら、レサの投げた斧は、食堂のテーブル上すれすれをつきすすみ、燭台《しょくだい》三つと食器もろもろをはじきとばして椅子《いす》の背もたれの上部を強襲《きょうしゅう》した。

カメのようにあわてて首をひっこめた椅子のぬしが、そのままうしろにひっくりかえる。

「たのむ、備品をこわさんでくれ！　またあとでわしらが使うんじゃから――！」

「土台さえのこればええじゃろうが、こまかいオヤジじゃのう！」

「あんたが大ざっぱすぎるんだァ。あああ、もったいない！」

そこでハッと気づいたように、

「あの魔女のお嬢《じょう》ちゃんはどこ行った⁉」

おやっさんは叫んだ。

「魔女どのなら」

片手で椅子をふりあげながら、女戦士はうしろにこたえた。

「武器を調達しに行ったぜよ。――オラァ、歯向かうヤツは生かしたままオレの島に招待しちゃるぜ！　さあ、行きたいヤツは遠慮《えんりょ》すんなッ、さっさとかかってこいやっ‼」

「あっ、みーっけ！」

台所と食物貯蔵庫をゴソゴソあさっていたマリアは、めぼしい食材をみつけ満面の笑みを浮かべた。

「ようし、タマゴとおイモっ、今日はこれでいこうっと」

マリアはさっそく支度《したく》にかかった。

生卵のカラにちいさな穴をあけてワラの管《くだ》をつっこんでいたところ、二階の食堂から駆けおりてきたらしい集団の足音がバタバタと近づき、

「おかぁさ――ん！」

泣きながら廊下《ろうか》をかけぬけ、遠ざかっていった。

「ほえ？」

わるいコトはもうしませんと口走っていたようだったが。

「まいっかぁ。んーと、おろしガネ、おろしガネっと」

おろしガネをさがしていたマリアの眼が、揚《あ》げ物のタマネギのところでふと止まった。なにかが彼女の注意をひいた。ありふれたつけあわせの何がそんなに気になったのか、マリア自身もわからなかった。

「んーっ？　あれっ。この油きり……」

クタッとしなびたタマネギのフリッター。

その油きりがわりに皿にしかれていた紙には、なにやら文字が書いてある。そのとなりには、ひらきっぱなしの分厚《ぶあつ》い帳面《ちょうめん》。とちゅうで無造作《むぞうさ》にやぶりとられているところをみると、このノートを油きりに使ったらしい。

この字は………。

信じられないものを見たおどろきに、マリアの琥珀《こはく》の瞳はおおきくみひらかれた。

「あああーっ!? こ、この字――まさか、まさかっ!?」

「なに、襲撃!?」

「へいっ。〈バリー一家〉の連中と、わけのわからんのがまじっておりやす。どうします、ボス!?」

「あわてるな」

赤ヒゲとのアダ名どおり、真っ赤なおヒゲがチャームポイント。

自分では左の目の下の泣きボクロもけっこうイケてると思っている。

ナイトキャップをぬぎ、ハンガーからカツラをつかみながら〈赤虎一家〉のトップは側近《そっきん》に命じた。

「先生を呼んでこい」

*

女人《によにん》島の戦士にびびって早々《そうそう》に戦線を離脱した〈赤虎一家〉の数名は、先をあらそうように繋留《けいりゅう》してある船へとむかって駆けおりていく。

もうすぐだ、あともうすこしで船につく――――!

そう思った瞬間、

「いらっしゃあーい、こんばんは」

ドスのきいた重低音のオネエことばに足がこおりついた。

なにか巨大なものが、彼らの道をふさいでいた。

ガリガリガリ、と、ネコがよくそうするように切り立った崖《がけ》で自慢のツメをといでいたのは、

「おヒマだったらアタシとあそんでいかなぁい、おニイさんっ♡」

もちろん、お宝に眼がくらんだドラゴンであった。

むかうところ敵なし。

まさしくそんないきおいの女戦士を止めたものは、空気のかたまりだった。

「――!?」

眼に見えないなにかが正面からぶつかってきた。

圧倒的な密度の〝気〟だ。

はねとばされ、レサは背中から廊下《ろうか》の柱にたたきつけられた。

「お、おいっ!? だいじょうぶけえ！　なんだァ、いまの――」

いいかけたおやっさんのひざが折れ、自分の意志とは無関係に床に押さえつけられた。碇《いかり》になったように全身が重い。

「こいつァ――」

いったいなんの力だ。

せまい通路で逃げるに逃げられずにうろうろしていた〈赤虎一家〉赤シャツご一行がパッと顔をかがやかせ、

「センセイっ！」

「あっ、ボス！」

彼らの救世主をふりかえった。

「先生、ここはひとつ、きついお仕置きをしてやってくださいよ」

「うむ。あとはまかせなさい」

なんとか立ち上がったレサが銛《もり》をひろい、咳《せ》きこみながら歯ぎしりする。

ふいをつかれたくやしさに髪がさかだっている。

「……だれじゃ、あの赤虫とズルズルは？」

「赤虫は〈赤虎一家〉のアタマだぁ。もうひとりのズルズルは——たぶん、ゲンさんがいってた用心棒《ようじんぼう》じゃアねえか？」おやっさんはまだ立てない。「ハッ。まさかそいつァ、妖術《ようじゅつ》使いかッ⁉」

「そのとおり！」

芝居《しばい》がかった調子で指輪だらけの手をふり、絹《きぬ》の赤シャツを着こんだ首領《しゅりょう》はふんぞりかえった。

なぜかナナメ四十五度モデル立ち。

「なさけないことだね、〈バリー一家〉の。おおキミたち、はずかしくないのか。そんな野蛮《やばん》人《じん》の手まで借りて？」

覆面《ふくめん》ズルズルマントの妖術使いの手を借りている〈赤ヒゲ〉の立場はどうなのであろうか。

レサが眉《まゆ》をひそめた。

「やけに顔色のわるい男じゃのう、赤虫。カオとアタマが真っ白じゃぞ、病気か」

「おだまり野蛮人っ！　これはカツラだよっ」

「なんじゃあ、そのつむじのてっぺんのフネは」

「これがオシャレなんだよ、わかんないコだねっ」

キイッと赤ヒゲが足をふみならした。

ガイコツのようにやせているので、そうやっているとまさしくミミズの立ち踊り。

小麦粉一キロは使っているだろう、パフェのようにうずを巻きながら盛り上がったカツラは
ガチガチにかためられ、さらにそのトッピングとして船の模型がデンとのっている。

(こ、こんな、こんなアホの見本のような海賊《かいぞく》ごときに——)

このだいじな砦《とりで》をうばわれていたのかと思うと、ロートル海賊はガクリと肩をおとした。

(ああ、先代よォ……ふがいないわしらを笑ってやってくだせえ)

「ふん、まあいい。小娘のたわごとなぞ聞いておられん。弱虫バリーはどうした、んん?」

「オレならここだあ——!」

「えっ!?」

とたん、赤ヒゲのすぐそばのドアが内側から粉砕《ふんさい》された。

バキッ!

「ギャ——ッ!? なんだなんだアンタ、幽霊《ゆうれい》っ!? まよわず成仏《じょうぶつ》しなさいよっ」

「だーれが幽霊でい!!」

ぜーぜーと肩で息をしながら、血まみれのバリー船長は血走った眼をむけて吠《ほ》えた。

そのうしろからヌウッとあらわれた「落下傘《らっかさん》部隊」も負けずおとらずボロボロだった。

「うあああ、死ぬかと思ったっ。もう二度と飛びおりなんかしねえぞっ……」

「てゆーか、おかしらぁ。なんでオレたち死んでないんスかねえ？」

「やいやい、この盗人《ぬすっと》ヤロウ！」

ぐすぐす泣きながらバリー。

気絶した（やはり血まみれの）屋上の見張りの身体《からだ》を片手でドサリと前へなげだす。

「とったもんおとなしく返しやがれっ。ゴメンナサイとあやまる気があるんなら、きょ、今日はこれぐらいでカンベンしてやらあ……っ」

赤ヒゲの立ち直りははやかった。

フンと軽蔑《けいべつ》するように一重《ひとえ》の眼をほそめ、

「なるほど、ここはもともとアンタの砦《とりで》だったたな。ぬけ道はすべてご存じというわけだ！　正直いってキャプテン・バリーよ、アンタがここまでやるとは思わなかったねえ。だが——あいかわらず腰ぬけは治っていないようだな！　けーっけけけ！　アンタの弱点など、すでにお見通しなんだ。ヘイ、カモン！　**メリッサちゃん！**」

3　レッド・タイガース

メリッサちゃんがすっとんできた。

ほそくみじかい足で懸命《けんめい》に走り、スタッとご主人さまの前にスタンバイする。

「吠《ほ》えなさい！」

メリッサちゃんは吠えた。

「ウウーッ、きゃん、きゃん、きゃん！」

メリッサちゃんは、ポメラニアンだった。ピンクのリボンがかわいい。

レサはあきれた。

どんな化け物がでてくるかと期待していればたかが犬一匹。わが子じまんミエミエの〈赤ヒゲ〉の「どう？」といわんばかりの態度になおさらうんざりした。ほうっておけばいまにも愛犬品評会《ひんぴょうかい》の優勝トロフィーをもちだしてきそうだ。

ふと見れば、心なしかズルズルマントの妖術《ようじゅつ》使いも、どこか帰りたそうに爪先《つまさき》をトントンとしきりと床に打ちつけている。

が――、

「い、いぬ……っ」

ロウよりも真っ青になってあとずさり、

「いぬ――――――っ!!」

手下をふみつけ、なぎたおし、バリーが野太《のぶと》い声で叫んだ。

「こわいよ、わんこが、わんこが来るよっ」

「おっ、おちついて、おかしらぁっ。アレはただのポメっス！」

「けけけけけ！　どうだバリー！　あんたのその眉間《みけん》のキズ——ガキのころに犬にザックリやられたんだってねえ？　気の毒に、こんなにかわゆいアニマルコンパニオンがこわいなんてお笑いじゃないか」

たしかにお笑いだった。

だが、笑う以上にレサは頭に来ていた。

無言でナイフを投げた。

どすっ。

「きゃんっ！」

「赤犬じゃな？」床のすきまにつきたったナイフに腰をぬかしたポメラニアンを見ながら、笑う。「喰えばうまいかもしれんな」

「ひっ。なんなの、この乱暴オンナ⁉　かまわないわ、やっつけちゃってよセンセイ！」

「心得た」

ようやく出番かと、ホッとしたようにズルズルマントがうなずく。胸の前で印《いん》を組む。

下から敵の剣をすくいとり、同時にレサは床を蹴《け》った。

「冥府《めいふ》をさすらう風よ、わが剣となりて……」

「うおりゃあああああっ‼」

詠唱《えいしょう》が終わりきるまえに両手で武器を投げつけた。

剣と銛《もり》はそれぞれ〈赤ヒゲ〉と〈ズルズルマント〉を直撃する——そのはずだった。とった、と思った瞬間、

ギィッン……！

高い音をたて、それらは直前ではじかれた。

「なんじゃとぉ!?」

「ふうむ、見た目ほど単細胞でもないようだね、お嬢《じょう》さん。同時に狙うとはわるくない考えだ。しかし——私には効かない。ざんねんだったね」

しまった。さっきこの男は同時にふたつの異なる術を使っていたではないか！

「くっ。きさま何者じゃ、それだけの力……オババですら」

「ほう、オババとはきみのところの長老かな、女人島のお嬢さん。なるほど。だが私のやり方は、悠長《ゆうちょう》に精霊に願うきみたち未開人のやり方とはちがうのだよ。おわかりかね？」

ゆとりすら見せて、ズルズルマントは宙に浮かんだままの凶器をくるりとまわしてみせる。

「もっと確実で洗練された、理《ことわり》の力だよ。ふふふ、なにしろ栄光ある魔術師組合の」

「**組合?**」

レサと〈バリー一家〉が異口同音《いくどうおん》に聞きかえす。

妙な間があいた。

「そいつぁ、あのお嬢とおなじじゃねえか、ええ？」

「だれのことだ?」

「マリアどののことだ」

「マリア……? はて、どこかで聞いたような名だ。マリア、マ——」

けげんそうに首をかしげ、覆面《ふくめん》の男。

「はっ。ま、まさか、それは〝楽園〟の……!」

うめくようにズルズルマントがつぶやいたとき、

「……れ〜? ……ぎ、げたの、だれえなのお〜〜〜?」

すすりなく泣き女のような不吉な声が廊下《ろうか》のはしからひびいてきた。

「魔女どのっ! ちょうどよかったぜ、この男は——」

「だあれ〜〜〜……? タマネギ揚げたの、だあれ〜〜〜?」

*

「ま、マリアどの? どうした、眼がうつろじゃ!?」

マリアは聞いていなかった。

ブツブツとつぶやきながら、幽霊《ゆうれい》のようにスーッと歩いていく。胸に本のようなものをしっかりと抱えている。手にさげたカゴからおもむろにタマゴをとりだし、

「ねぇえ、お台所でタマネギ揚げたのぉは、だ～れ～～～～～～？」

「…………」

だれも毒気《どくけ》をぬかれてうごけない。

ガションと妖術《ようじゅつ》使いの用心棒《ようじんぼう》が、空中の剣と銛《もり》を落とした。

さきほどのバリーとおなじくらいに青ざめて、ブルブルふるえている。

「や、やはりおまえかぁっ」

「おじちゃん？　おじちゃんなのぉ、タマネギ揚げたのはぁ～～～？」

「ちがうッ！　私じゃない、ウソだと思うなら代表者に訊《き》けっ！　この赤虫にいっ」

「エッ。ちょっとなんなんだセンセイ!?　アンタ、こんな小娘ぐらいチャッチャとやっつけちゃってよ！　なんのためにアンタを雇《やと》ってると思ってるの!?」

ゆらり、とマリアは赤ヒゲに近づいた。

「おしえて～～っ。ダレがやったのかおしえてくんないとぉ――こうしちゃうよう？　えいっ」

べしょっ。

マリアがぶつけたタマゴは、白いドロドロした中身を〈赤ヒゲ〉のカオにぶちまけた。

「な、なに、これは!?」

あわててぬぐいとった〈赤虎一家〉のボスはクンクンとにおいをかいでみたりしたが、べつに変なにおいはしない。ただ、やけにねばねばしている。

「なんのつもりだぁ、この小娘!!」

「トリー・ポテトのすりおろしだよう……」

「…………」

(だからなに)という沈黙があからさまにただよった。口をひらきかけたとき、ふいに異変を感じて〈赤ヒゲ〉は身をよじった。かゆい。猛烈にかゆい。

「うわあ〰〰っ!? カユイっ、むちゃくちゃカユイっ! なんだこれ――」

「ナマのトリー・ポテトはねえ……かぶれちゃうの〜。かくとますますかゆくなるよう。かかないほうがいいよう〰〰……?」

マリアの手はすでにつぎのポテト爆弾をかまえている。

マリアねえ、とつぶやく。

「シロウトさんあいてには、こうげき魔法つかわないって、決めてるのぉ〰〰……わかるぅ? だからおしえて」

決心はりっぱだが、やっていることはそれ以上にある意味えげつない。

〈シロウトさん〉でないズルズルマントが、じりっじりっとひそかにあとずさり、

「魔女どのっ、そこのマントはクロウトぜよっ!!」

逃げだそうとしたところを、背後から電撃をくらって廊下《ろうか》のはしまでふっとんだ。

「ぐわあああっ!?」

バシーン！

……どっかん。

「…………」

だれもがことばを失った。

悲鳴すらあげられない。

眼を灼《や》くすさまじい光は、束となって妖術《ようじゅっ》使いを直撃し、廊下《ろうか》にするどく一直線のミゾを彫りこんでいた。つきあたりの壁に、ひしゃげたカエルのように男の身体《からだ》がなかばめりこんでいる。

そちらを見もせずに電撃をはなった片手をおろし、

「そ・れ・でぇ～……？」

マリアはもう一度たずねた。

「いったいだれが、タマネギのフリッターの油きりにぃ、ジェイルさまの日記をやぶいて使ったのぉぉぉ？　てゆ～か、なんでジェイルさまの日記がぁ、ここにあるわけえええぇ……？」

マリアの愛は、無敵であった。

無条件降伏《こうふく》した海賊砦《かいぞくとりで》の頭上に、いつのまにか晴れた星空がひろがっていた。

第七章　とべない鳥

1　カバの名前

「難破船《なんぱせん》のひきあげ、だとう——？」

あきれかえったというように、右目の眼帯《がんたい》をこすりながらバリー船長はぶつぶついった。

「〈赤ヒゲ〉のヤロウ、そんな小銭《こぜに》かせぎしてやがったとはな！　セコすぎて屁《へ》もでねえ。ロクに襲撃もしてねえくせに、やけに景気がいいとは思っていたが——。海賊《かいぞく》が本業そっちのけで副業に入れこんでどーするよ？　なあ、おやっさん」

「そうだなア。だが、けっこうなカネになるそうだぞォ？」

「おやっさん……いま、けっこう本気でいわなかったか？」

「ん。ちょびっと、な」

あちこちで、トンテンカンと砦《とりで》を修理する音が軽快にひびいている。

一睡《いっすい》もしていないが気持ちのいい朝だとキャプテン・バリーは思った。

「そんで、お宝さがしと用心棒《ようじんぼう》かねてアレを雇《やと》ってたってかあ……」

バリーのいう「アレ」は、まだ廊下《ろうか》のつきあたりにめりこんでいた。

こうやって朝日のなかで見ると、たたかれた蚊《か》、というおもむきもある。

その前にちょこんとしゃがみこんだマリアが、マントをつつきながら「う〜ん、う〜ん」としきりに首をひねって考えこんでいる。

(それにしても、たいした偶然もあったもんだ)

バリーは声をかけた。

「よう、ちんまい魔女どの。ソイツがだれか、なんか思い出したけえ?」

「あ、キャプテンっ。ううん、ぜんぜんダメ〜〜〜。ダレだろー、このおいちゃん?」

(ダレだろー、は、ねえだろう)

と、韻《いん》をふんでバリーは心のなかでつっこんだ。

「思いっきり、めりこんじゃってるねええっ? これじゃカオがよく見えないよう」

「めりこませたのは、おめえさんじゃねえかッ」

「うん。よくおぼえてないけど、そうなんだって〜? えへえへ」

一種の錯乱《さくらん》状態にあったらしい。

愛《いと》しのダーリンの筆跡《ひっせき》を眼にしたとたん、なにもかも考えられなくなってマリアは暴走した。

ちなみにタマネギのフリッターを揚《あ》げた犯人はコックだったが、マリアが相手を完全にくびり殺すまえに、なんとか全員でそれをひきとめた。

シロウトだから殺しちゃイカン、と。

いまもマリアはダンナさまの日記帳をだいじに手元にかかえもっている。

「なんだァ、やけにヤニさがったヤロウだなァ、このセンセイはぁ」

と、おやっさん。覆面《ふくめん》をとりあげて、たわむれに自分でかぶってみる。似合っていない。

「コレの名前はなんつってたかのう？」

「ヒポポタマス・フール」

「……そりゃ偽名《ぎめい》だなァ」

「ああ、偽名だな」

バカ田カバ太郎、というようなものだ。

「なあ、魔女どのよ。なんだな、そのう、アレだ。なんだかんだあったが、おまえさんのおかげでぶじにこのポワンソン砦《とりで》をとりもどすことができたぜ。礼をいわせてくれや」

「ほえ？　そんなの、気にしなくていいのにー。だって、マリアも自分のためにやったんだもんっ。だからおあいこだよう～～～」

「そうか、あいこか」

ポリポリとヒゲをかいて、バリー一家の頭領《とうりょう》は右手をさしだした。

「んじゃ、これからは対等ってわけだ。心おきなく協力させてもらうぜ。よろしくな」

「うんっ！　ありがとう、バリー船長！」

「よっしゃ。そうと決まれば、とっととこの妖術《ようじゅつ》使いシメあげて、おまえさんのダンナの船がどのへんで漂流してたのか吐かせようぜ」

「うん……でも、もう船にはナニものこってなかったって……」

ジェイル・ブライマをのせた船は沈没せず、半壊《はんかい》した状態で洋上をただよっていたという。

おなじバラルトン海域ではあるが、〈惑《まど》わしの海〉からはかなりはなれた場所で。

〈赤虎一家《あかとらいっか》〉はこの船から遺留品《いりゅうひん》を根こそぎせしめ、持ち帰ったまま、いいかげんにほったらかしにしていた——というわけだ。

「うーん、そうだよなあ……いまさら船だけさがしてもムダかあ？」

「蔵のなかはどうだろ？」

おやっさんが手を打っていった。

「なんかまだのこっとるかもしれんぞ。さっきのぞいてみたが、整理もせずにぐちゃぐちゃだったからなァ」

「おっ、そうだな。はやくしねえと、あのドラゴンがぜんぶ喰っちまうかもしれねえ！」

「ガーガちゃん、そこまで食いしん坊じゃないよう」

ガーガはヒカリモノを食べるわけではない。

頬《ほお》ずりしてウットリと恍惚《こうこつ》にひたるだけである。

「みつかるかなあ。マリア、なくし物とか人さがしとか、さがしもの系の透視《スクライ》はあんまり得意じゃないんだけど……あーっ!!」

「わっ、なんでえ、いきなり大声だしてっ。びっくりするじゃ――」

「思い出したぁ！　このひと！」

「あ？」

マリアは、まだ気絶している術者のマントをひっぱってうんと背伸びすると、

「そうそう、このカオ！　ちょっとくどいインテリっぽいー」

何度もうなずいた。

「マリアが家出したとき、ウチのお父さまが雇《やと》った魔法使いのおじさんだよう――っ！　組合をクビになったってゆう、もと上級魔術師！」

ええーっ、とひとりでマリアは大さわぎした。

「すごぉーい、ひさしぶり～！　なんでこんなトコにいるんだろー？」

たいした期待はせずに蔵におりたマリアは、そこで期せずしてもうひとつ、ジェイルの形見《かたみ》を手に入れることとなった。

繊細《せんさい》な柄《つか》かざりのほどこされた、しなやかな細身の剣。

それはまぎれもなく、いつも彼がもち歩いていた愛剣だった。

2　中年魔術師の悩み

神よ、どうしてヒトは私のことをそっとしておいてくれないのでしょうか？

私、オウエン・レン・カインは、多くのことをのぞんでいるわけではありません。

ただ心しずかに暮らしたいだけです。

ほどほどの収入と、ほどほどの尊敬と、ほどほどの寝床《ねどこ》があればいいのです。

ああ、それなのに。

「オラア、なにボサッとしてやがるこのオヤジ！　手が足りねえんだ、テメエも手伝え！」

――ええ、たしかに私はあやまちを犯しました。

ですが、それはもう、私が組合から除名《じょめい》されることによってつぐなわれたのではなかったのでしょうか？

私は反省しています。

そう、この海よりも深く………。

「腰入れろ、っつってんだろが、ああっ!?　そんなへッピリ腰で巻き上げ機《キャプスタン》まわそうなんざぁ十年早《はえ》え！」

私の罪は――そう、私のただひとつのあやまちは、あの男とかかわってしまったことです。

エイザード・シアリース。

おお、呪われたその名前！

あのとき、私が慢心《まんしん》から禁断の扉をあけなければ……のうのうと昼寝をするあの男に、ついうっかり攻撃をしかけなければ……。

「よーっしゃ、抜錨《ばつびょう》完了！　帆《ほ》あげえ——！　進路、西南西！　砦《とりで》にむけて礼砲《れいほう》っ！」

私は半死半生《はんしはんしょう》の目にあうこともなかったでしょう。

いまこうして海賊《かいぞく》どもから奴隷《どれい》のようにあつかわれることもなかったでしょう。

白状します、勝てると思ったのです。

思い上がりでした。

あの男は化け物です。人間じゃありません。人間が化け物にかなうわけがありません。いまでも思い出します、あのときの彼のことばを。

この世のものとも思えぬ紫水晶《むらさきずいしょう》の瞳をむけ、彼は私にはっきりといいました。

『二度とオレの前にそのツラみせるな。うせろ、タコ』

私はいっそタコになりたい。しずかに海底をたゆたうタコになりたい。なにも考えず、悩みもなくスミを吐いていたい。

私は——。

「ねえねえっ、おじさんっ。だいじょうぶー？　顔色よくないようっ」

いえ、あまりだいじょうぶじゃありません。

「あ、おなかすいたのー？　はい、チーズサンド♡」

満腹で悩みが解決するなら、どんなにか楽になれるでしょう？

これは因果《いんが》なのです。そう、二度とかかわるまいと誓《ちか》ったのに、あの男の弟子がまさか——いまになって、ふたたび私の目の前にあらわれるとは！

「お水もあるようっ」

あまつさえ、たった三年未満の修行でこの私を打ち負かすほどに成長しているとは——！

理性は逃げろと私に告げます。

できることならそうしたい。

「わかってるでしょうねえー？　マリアちゃんの一生に一度のオンナの大勝負、コケたらアナタのせいにしてやるから〜。もしウソついたり裏切ったりしたらこのガーガが草の根かきわけてでも探しだしてハヤニエにしちゃうんだからー」

わかっている、私だって命は惜《お》しい。

ドラゴンに二言《にごん》はない、やると言ったらぜったいにやるでしょう。ヤツらにはウソをつくほどの知恵もないし、あきれるほどに執念深く、おまけに長寿《ちょうじゅ》です。

ああ、なんと青い空なのでしょう。

ドラゴンのウロコが上空でぎらぎらと光っています。

しかし、神よ。私がなによりもおそろしいと思うのは——。

「そーだ！　豆スープは赤と白、どっちが好きー？」

この自称・人妻の能天気さです。

彼女はこれからむかう場所がどれほど危険か、ほんとうにわかっているのでしょうか……？

人妻は、夫ジェイル・ブライマ男爵《だんしゃく》の居場所について、心当たりがふたつあるのだけれど、どちらを先にさがしたらよかろうかと私に助言をもとめてまいりました。

私は安全を第一に考え、みずから彼らに進路を指示しました。

「——〈惑わしの海〉にできるだけ遠い場所から当たれ」と。

ウソはついておりません。

たしかにそこには手がかりがあるはずです。

それなのにこのばくぜんとした不安はなんなのでしょう。まるであのときとおなじです。

そう、十数年前おろかな私が、エイザード・シアリースの部屋の扉をあける直前に感じたあの胸さわぎと………。

3　月の路

お師匠《ししょう》さまへ。

船旅は順調です。

ガーガちゃんとは、海賊《かいぞく》さんの砦《とりで》でわかれました。

最後までついていくわーとガーガちゃんはゆってくれたのですが、海の上をずっと飛んでるのって、いくらガーガちゃんでもツライと思うしー。それに海路《かいろ》からじゃないとたぶんジェイルさまとおなじものを見れないと思って……。

こうして波の音をきいていると、いろんなこと考えます。

お師匠《ししょう》さま、ちゃんとゴハン食べてますか。

ナハさんがいないからって、めんどくさがっちゃダメだよう？

リーザちゃんがいてくれるからきっとだいじょうぶだよね？　あっ、屋台舟《やたいぶね》のゲンさんからあたらしいお料理のレシピおしえてもらっちゃったの！　すごくおいしいんだよう。虹《にじ》の谷《たに》にもどったら、つくってあげるね。たのしみにしててください。

それでは、また。

そろそろ冷えるから薄着しないで風邪《かぜ》に気をつけてね。

マリアより

お師匠さまへ。


今日は風がぜんぜん吹かなくて、しょうがないので、みんなで釣りをしました。

レサちゃんはスゴイです！

ひとりでサメもカジキも銛《もり》で仕留めちゃうんだもん。感動ー。

なんだかあんまり笑わないヒトかと思ってたら、けっこうお茶目《ちゃめ》な性格してるんだなあって、さいきんわかってきました。

海賊さんのうしろからコッソリしのびよって、わざとおどろかしたりするの。サメのアゴの骨かぶって、ガチガチって歯をならしてね、ビックリしてみんなとびあがるんだけど、それ見てけらけら笑ってるのー。

女人島《にょにんとう》って、そんなにコワイところじゃないんじゃないかなあ……。

バラルトン海のはしっこだっていうから、そのうちに機会があったら行ってみたいです。

釣り大会のおかげで、たくさんサカナがとれたので、お昼は魚介《ぎょかい》ナベにしました。とってもおいしかったです♡

虹の谷のみなさんにどうぞよろしく。

マリアより

お師匠《ししょう》さまへ。

殿下の眼みたいにきれいな碧《あお》の海のむこうに、たくさんの島が見えてきましたぁ！

やったぁ！

このなかの島のどこかにジェイルさまがいるのかなぁ？

マリアのこと、わすれたりしてないよね？

ホントのこというと、ちょぴっと心配です。

それと、そろそろ〈惑わしの海〉にさしかかるとかで、バリー船長や海賊《かいぞく》さんたちもキンチョウしてるみたい。

でもなにがキケンなのか、ハッキリ話してくんないのー。どうして？

「行けばイヤでもわかるから」ってゆうんだけど。

お師匠さま、組合にいたころのオウエンおじさんのことっておぼえてますか？　なんかねー、お師匠さまの名前きくたびにビクビクしてるのー。あっ、でも、ちゃんと船のお仕事は手伝ってくれるよ。

明日はいよいよ島に上陸です。

今夜はちょっと眠れないかもしれません。

でも心配しないで、きっとマリアは元気で帰ります。

マリアより

＊

「マリアどの」

ささやくように名を呼ばれ、舷側《ふなばた》にもたれていたマリアは顔をあげた。

「寝つかれんのか？」

「あ、ごめんね。起こしちゃったぁ？」

「いや」

レサはこたえて、この場にいていいのかどうかを問いかけるように、しばらく間をおいた。手にしていたジェイルの剣をすこしだけひきよせてマリアがだまって微笑すると、ようやくそのとなりに腰をおろす。

ファリスもそうだが、この金髪《きんぱつ》の女戦士もまた意外なほど物音をたてたりしない。それとも、たたかっているときの印象がつよいから、よけいにそう思えるだけだろうか。

月の路《みち》が、青く波間にのびている。

天からの架《か》け橋のように。

「——その剣」

「うん、ジェイルさまの。きれいでしょー」

籠手《こて》にあたる流線型のはがねの波がうつくしい。レイピアは優美な剣だ。

「オレにはむかない剣じゃな。ほそすぎてボッキリ折ってしまいそうじゃ」

「うん、でもけっこう丈夫なんだよう？　弾力があるから」

鞘《さや》のままの剣の柄《つか》をにぎり、前にかざしてみる。

もっているだけならなんともないが、このまま剣先を静止させておくのは至難《しなん》のわざだ。腕がふるえてくる。

「うーん、やっぱりマリアにはムリだなあ……。ジェイルさまはものすごくカンタンにやってるように見えたんだけどなあ」

「婿《むこ》どのは、その」レサはすこしこまったように言葉をさがす。「結婚する直前まで身分をわざわざかくしておったのか？」

「わざとじゃないと思うんだけど。マリアがカンちがいしてただけで——」

思い出してくすっと笑った。

「あのね。二度目に会ったのもぐうぜんなのー。だって、実家からはなれたとこの修道院学校に入ったばかりのころだもん」

レサはますます困惑したような顔をした。

「修道院——魔女どのは、尼《あま》になるつもりだったのか？」

「ちがうちがう。ええと、修道院学校って、べつにみんな尼さんになるために入るんじゃないのー。お勉強とか礼儀作法《さほう》のためなのー。ってゆうより、花嫁《はなよめ》修行みたいなー」

「……わからんのう。嫁になるのにそんなもんがなぜ必要なんじゃ。ふつうに生きておればしぜんに身につくじゃろうが。自分が尊敬できる目上の者にならえばよい」

「うん、そうなんだけどねー」

こまってしまった。

ステイタスだとか箔《ハク》だとかの言葉の意味を、どうやってこの自然児に説明したらいいのか。きっと「コルセット」や「ハイヒール」とおなじように、レサにはなんの意味も価値もないものだろう。

焚《た》きつけにもならん、とか言いそうだ。

「学校は、すっぽんぽんじゃこまるからどうしても着なくちゃいけない服みたいなもの……かなー？　お父さま、なんかヘンにマリアに期待してたみたいで」

「期待？」

「うん。だから、お金をかけてマリアを学校にやったのー。お金持ちのとこに、お嫁にだせるよーに」

「なんじゃあ、それは？　魔女どの、いうてはなにじゃが、それはオヤジどのがまちごうちょるぞ」

「あははは、そうだよねえ？」

「オヤジどのは、いったいどういう種類の金持ちを狙っておった？」

「会計士とか」

「カ、カイケイシ？」

「そうだよー。そういう人たちのほうが、マリアのとこみたいな下っぱの貴族よりよっぽどお金持ちだしー。むこうは貴族の肩書きがほしかったりするしー。いわゆるギブアンドテイクってやつ？」

でも、とマリアはつづけた。

「ジェイルさまにまた会えたから……」

「男なのに、女ばかりのそのガッコウにおったのか？」レサは大まじめだ。「面妖《めんよう》な話じゃ」

「ちがうよう。あのね、別のご用があって、ジェイルさまがマリアの学校のそばに来てたの。六年ぶりだったけど、すぐにわかったよ？　だって、ぜんぜん変わってないんだもん！　すごくびっくりしちゃった」

「……………六年ぶりで？　ぜんぜん変わってなかった？」

「そうそう、すごいでしょーっ」

「人間か、ムコどのは」

「マリアは十四歳でね、学校は……そのー、三カ月でやめちゃったんだけど。それはマリアの成績のせいなの。ジェイルさまは関係ないの。でも、ないしょでジェイルさまに会ってたのが、どういうわけかあとでお父さまにバレちゃってー」

ぴくぴくと唇をふるわせ、マリアはくしゃみを無理やりこらえるような顔をした。

「そんでお父さま大爆発！　どこのだれとも知らない馬のホネとつき合うなどゆるさーん！どかーん！　って。ものすごく怒ったの」

「ああ。男オヤは娘の相手にヤキモチ焼くもんじゃのう」

レサは妙にうがったことをいった。

「だいたいどこもそんなもんじゃ」

「えっ、レサちゃんの島にも男のヒトっているんだ⁉」

「おらんで、どうやってオレみたいに若い者が生まれるんじゃ？」

怒るでもなく、ごくあたりまえの口調でレサがマリアをみつめ返した。

「…………」

「…………」

「そ、そうだよねー？」

コモンセンス、それって常識。

「ううーん、そっかぁ。ちょっとカルチャーショック……」

「オヤジどのがもしそのまま許さなかったら？　魔女どのはどうしていた」

「とーぜん！　いざとなったら駆け落ちするつもりだったよう。だってマリア、ジェイルさまはお金も地位もないヒトなんだって信じてたもんねっ。あのがめついお父さまが、ハイそうですかってカンタンにゆるすはずないもん」

お金も地位もあると知って、どんなにたまげたことか。

でも、そのせいで不安になったのもほんとうだ。

ただの「ジェイルさま」が「ジェイル・ブライマ男爵《だんしゃく》」という存在になったときから、彼はマリアひとりだけの王子さまではなくなってしまった。

「会って話したいことがたくさんあるの」

マリアはつぶやいた。

「ジェイルさまがいなくなってから――マリアたくさん変わったから、それを知ってほしい。おともだちやお師匠《ししょう》さまとか、いっぱいの人に出会っていっぱい変わったから、ジェイルさまにまた会えたんだよって」

4　変転

「煙が見えるぞ――――！」

「なにい、マジかっ」

「たしかに人がいる！　おいっ、だれか嬢《じょう》ちゃん呼んでこいやあ、早くっ!!」

その興奮ぎみのしらせは、すぐさまマリアのもとにもたらされた。

名もない群島をまずはぐるりと流してみようということになり、その二時間後のこと。ほそくたちのぼる煙は火事ではありえない。

だれかが火を焚《た》いているのだ。

〈バリー一家〉のみなさんにプレゼントされた、彼らとおそろいのシマシマキャップをかぶったまま、厨房《ちゅうぼう》からマリアはエプロンすがたでとびだしてきた。

「ホント!?　どこどこ!?　あっ、あそこだね――!?」

「おわあ、まてまてっ嬢ちゃんっ。泳いでいくつもりか、そいつはやめとけ！」

大あわてで船長がマリアをつかまえる。

「いったろ、ここらはもう〈惑《まど》わしの海〉に入ってるんだ！　ひとりで入ったりしたら、妖怪〈ぶらさがり〉にぶらさがられて海底までひきずりこまれっちまうぜ……！」

「魔女どの、ここはこのクマのいうとおりじゃ。船を岸につけるまでまったほうがいい」

だれがクマだ、とバリーがアリのような小声でレサに文句をいう。

「――ほう、たしかに見える」

陰気《いんき》な声で、デッキにでてきた魔法使いオウエンが同意した。

日よけのつもりなのか、やはりズルズルマントをうっとうしく頭からかぶっている。

「おう、テメエ。ガセだったら承知しねえぞ、わかってるだろうなっ？」

「よしてくれ、なぜウソをつく必要がある？」

気分を害したようにダンディーなモト上級魔術師は威厳《いげん》をこめて言い返した。

「私にも術者としてのプライドがある。ひとことといわせてもらえるかね？」

「なんでいっ」

「かがり火とたいまつを用意したまえ。なるべくすみやかに」

「はあ？　まだ真《ま》っ昼間《ぴるま》だぜー」

「船尾に〈ひっつきダコ〉がとりついている」

「ぬぁにいっ!?」

バリーがギョッとして眼をむけると、ちょうどレサが銛《もり》の一撃をそいつにぶちこんだところだった。

のたうつピンク色の太い触手《しょくしゅ》が一瞬ぷるぷるとふるえ、すぐに下にひっこんだ。

「あぶねええーっ……おいヤロウども、火だ火!!　そのまんまにしとくと、すぐにもどってきやがるぞ！」

マントのほうをふりかえり、

「ま、いまのは礼をいっとく」

不本意ながらバリーはいった。

「礼にはおよばんよ。一刻も早く彼女が夫をみつけてくれることを私も願うばかりだ。こんな場所からはすぐにでも退散したいからな」

なーんかスッキリしねえ野郎だよ、とキャプテンは手下にもらした。

「陰気なツラしやがって。陸《オカ》じゃなくて空のほうばっかり気にしてやがる」

「ドラゴンがこわいんじゃないっスかね？」


ポワンソン砦《とりで》で整備を終えた〈アホウドリ号〉は、なめらかによく動いた。

島々のあいまの水路を的確にえらんですすむ。

まぎれもなく〈バリー一家〉は船乗りとしては一流だった。

そして目標の島が眼前にせまってくる。しかし浜辺にそれらしい人影はない。視認《しにん》できる範囲で安全をたしかめると、ぎりぎりまで〈アホウドリ号〉をつけてボートをおろした。

「ヤバイと思ったらすぐに引き返せ。嬢《じょう》ちゃん、気ぃつけてな！」

「うんっ！　行ってきま――すっ♡」

＊

船が来た。

これは夢だろうか……？

彼は何度もまばたきして、ヤシの葉陰からしばらく用心ぶかく様子をうかがった。

この近辺をとおる船などない。それは彼がこの無人島にながれついてから、イヤというほど身にしみて思い知らされた事実だった。

期待してはいけない、これは夢――。

「おーい、だれもいねえのか――っ⁉」

夢のボートから、シマシマのキャップをかぶった男のひとりが大声をはりあげた。

「助けにきたぞうー！」

助け？　ほんとうに？　彼は思わずその声につられるようにしげみを割って前へ出ようとした。と、なににおどろいたのか、ななめ前方をゆびさして、

「おいっ、あそこでなんか黒いのが動いたぞ⁉」

ボートの男たちが叫んだ。

「ちっ、うじゃうじゃいやがる――妖怪かっ⁉」

主船のデッキにずらりならんだ長銃の銃口がいっせいにそちらにむけられた。

(彼らだ――――!)

彼はハッとして両手から採《と》ったばかりの果物《くだもの》がこぼれおちるのもかまわず、夢中で砂浜にとびだした。

「まってくれ、撃つな!」

訪問者たちが仰天《ぎょうてん》した顔でこちらを見る。

銃口をそらし、あわてて上にむける。

「撃ってはいけない、あれはわたしの友人たちだ――――!」

白浜にボートがまだのりきらぬうち、そこからひとりの少女がとびおりた。

走ってくる。

泣いているように見えた。泣きながら、だれかの名前を呼んで駆けよってくる。

彼女はだれだ……?

面食らってなにもできずにいるうち、

「ジェイルさまっ!　会いたかった……!!」

「うわーっ!?」

真正面からタックルをくらって押し倒された。白い砂がザッと舞いあがった。太陽の熱にあたためられた砂が背中に熱かった。

ふわふわの茶色の髪、琥珀《こはく》の瞳はよろこびにきらきらと金色にかがやいている。かわいらしい娘だった。だが、彼には記憶がない。

「きみは——」

「マリアですぅっ！」

思いきり元気よく名乗った少女は、ふと凍《こお》りついたように彼のやぶれかけたシャツをつかむ手を止めた。

みるみるうちに、そのやわらかそうな頰《ほお》から笑みと血の気《け》がひいていく。

「わたしは——失礼をおゆるしください、名乗ることができないのです。お嬢《じょう》さん……」

「ちがう……瞳の色……」

「わたしの？　何色をしているのでしょうか……ここは鏡がないので」

彼はゆっくりと上体をおこした。

「ちがう！」

パニックにおちいったマリアは両手を頰にあてて口を大きくあけた。絶叫寸前。

「このひと、ジェイルさまじゃない——っ!?」

＊

ダナティア・アリール・アンクルージュは猛烈に不機嫌だった。

カツカツと足音も高く、白い石の回廊《かいろう》をわたり、遠巻きにしているローブすがたの魔術師たちの視線をはねのける。

「いきなり人を呼びつけるとはいい度胸じゃないの、老人会。ひとをなんだと思っているのかしら。指を鳴らせば飛んできてシッポをふるとでも？」

つぶやき、指定された扉をあけはなった。

「ダナティア・アリール・アンクルージュ、お呼びにより参上いたしました。火急《かきゅう》のご用とはいったいなんですの？　草むしりのとちゅうですので、手短《てみじか》におねがいいたしますわ、ユーマさま！」

「ならばそうしよう」

赤の長老はこたえた。

まけずおとらず不機嫌なようであった。

「そなたに組合魔術師としての義務を申しつける。拒否はできん、しかと聞けい」

「義務？」

ダナティアは眉《まゆ》をひそめた。

「いかにも。魔獣《まじゅう》のうわさを知っておるか？」

「ええ。ちかごろ巷《ちまた》に神出鬼没《しんしゅつきぼつ》のなぞの獣《けもの》がでるとか。それがなにか」

「そなたに、魔獣探索《たんさく》の任務を申しつける。古《いにしえ》の誓約《せいやく》としてこれを一刻もはやくみつけだし、捕獲《ほかく》せよ」

「なんですって?」

正気《しょうき》だろうか。

それはまるでネッシーをつかまえてこい、というようなものではないか。

まさかユーマさま、とうとうお歳《とし》のせいで——?

「五人やられた」ダナティアの舌鋒《ぜっぽう》の矛先《ほこさき》を、先まわりしてユーマは制した。「死者は出ておらぬが、上級、中級の術者が五人じゃ。これがどういうことかわかるな?」

「つまり人手不足とおっしゃりたいわけですのね。民間に被害は?」

「いまのところ、ない」

「期限は? あまり長く店をしめておきたくはないのですけれど」

「いますぐ。魔獣をとらえるまで。可能なかぎりすみやかに。心得よ、〝楽園〟の。これはつまらぬ競争や虚栄《きょえい》のためではない。全力で当たれ。ほかの組合員となぐり合いがしたくば、任務が終わったあとで好きなだけやれ。止めやせん」

「——本気ですのね。わかりました、お受けいたしましょう」

赤の長老はガンコできびしいが、ウソをつく人間ではない。

「そなたのほかに十一名が捕獲に当たる。そのむこうですでに待機しておる……。あいさつしておけ」

ダナティアは無言でうなずいた。

言われるままにつぎの間をあけ、そこに予想外の人物がまぎれこんでいることにかるいショックを受けた。

二、三度まばたきをして、ようやく声をかけた。

「どうしたの、その前髪は？」

「………どうしてだれもかれも、ひとの顔を見ておなじことをいうんでしょう」

「みなおなじことを思ったからでしょうよ」

「元気そうですね。安心しました」

くすんだ金髪《きんぱつ》の魔術師は、そういってかすかにほほえんだ。なるほど、人手不足というユーマの言葉にウソはなかったようだ。真実味がありすぎて泣けてくる。

ダナティアは憎まれ口でこたえてやった。

「あなたもね、エイザード・シアリース。このバカ師匠《ししょう》！」

――つづく――

あとがき

ある朝めざめてみると、ひたいにくっきりとナゾの文字が。

漢字の「田」の字に似ている……。

「むっ⁉　これはなんだ、なにかの能力にめざめてしまったのか⁉」

答え。それはキーボードのあと。

たとえていうなら『F8漢字辞書』と『F9単語抹消《まっしょう》』あたり。お仕事中、机についたまま寝る、というのが毎度のパターン。顔面をパソコンのキーボード（外付け）にのめりこませたまま夢の中です。

なにもわたくしとて個人的趣味でそうしているわけではないのですが、気絶するように睡眠に突入するのでおぼえていないのです。おかげでメガネのレンズはキズだらけです。

ああ、おでこが痛いぜ。

『楽園の魔女たち』第十五巻をおとどけします。

なんと前後編！　うおー、すごいぞ、いっぱい書けるぞ。書いても書いても終わらないぞ。うれしくてナミダがとまらねーや、ふふふ。

本来なら二分冊するような話ではないのですが、いかんせん文庫の厚さには限度があります。ので、前後編です。マリアがメインです。

人妻、ついにその本領発揮か！　いったいなんの本領だ！

えーとそのダンナさまの名前ですが「ジェイル」。これって英語だと「牢屋《ろうや》」になってしまう……あわわ。ナニも考えてなかったよ。もうひとつの名前候補に「ジェイド」ってのがありまして、これだと「ひすい」って意味でキレイなんですが、キレイすぎる。

名前をつけるのはいつもひと苦労ですね。

今回も海賊《かいぞく》さんがでています。好きなのか、自分。

第四十四代バリー船長。めずらしく世襲《せしゅう》、とあるのは、ふつうの海賊は選挙制だからです。乗組員の投票でキャプテンを決めるのがふつうなのねー。だからリコールもある。分け前も平等に、ってのがタテマエ。かなり民主的です、海賊。

でもあたりまえだけど、海賊に年金《ねんきん》はない（笑）。

それで、キャプテンのなかには老後のためにこっそりと宝をためこんで、だれにも知られないように無人島などにかくしたりする人もいました。よく「海賊王の財宝」なんていいますが、これはつまりそういうことです。ただの老後のたくわえ。キケンな海賊稼業《かぎょう》でぶじに老後をむかえるキャプテンなんてほとんどいないので、かくして、こういったかくし財宝はだれにも場所を知られず、伝説になっちゃうのでありました。

前の巻で「担当さんが変わりました」と書いたのですが、その直後に新担当M氏が異動になり、またまた以前の担当Kさんにチェンジしました。こういうこともあるのね。おたがいに「でもどりですが――」とあいさつしました。でもどり。なんとなくほほえましいです。

さて、つづきは……なるべく早く出します。はい。翌々月かな？

なんか自信なさげだなあ。強烈にぶあつくなったらどうしよう、と今から冷や汗が。コバルトシリーズでこれまで一番ぶあつい文庫って、たぶん三六〇ページぐらいだったんじゃないでしょうか。ちょっと記憶があいまいですが。自分自身の本はまだそこまでいってないです。

次回、マリアとダーリンの運命は⁉

ちょっとはまともに活躍できるのか、お師匠《ししょう》さま！

どうぞお楽しみに。

――最近お米はナベで炊いている――　樹川さとみ

この作品のご感想をお寄せください。

樹川さとみ先生へのお手紙のあて先

〒101―8050　東京都千代田区一ツ橋2―5―10

集英社コバルト編集部　気付

樹川さとみ先生

きかわ・さとみ

1967年1月24日、鹿児島県生まれ。水瓶座、AB型。佐賀大学教育学部教員養成課程卒業。1988年、第1回ウィングス小説大賞入選。コバルト文庫に『楽園』シリーズのほか多数の作品がある。小劇団系の芝居や古楽器のコンサートに行くのが最近の楽しみ。エスニック料理が大好きで、特にカレーは一週間食べ続けても飽きない自信がある。

楽園の魔女たち
〜月と太陽のパラソル(前編)〜

COBALT-SERIES

2002年2月10日　第1刷発行

★定価はカバーに表示してあります

著者　樹川さとみ
発行者　谷山尚義
発行所　株式会社　集英社
〒101−8050
東京都千代田区一ツ橋2−5−10
電話　東京　(3230)6268(編集)
(3230)6393(販売)
(3230)6080(制作)

印刷所　図書印刷株式会社

ISBN4-08-600064-4 C0193